ダッシュエックス文庫

JN177920

容姿端麗、文武両道な生徒会長は
俺のストーカーではない（願望）

恵

黒髪ショートの女教師はそこら辺のチンピラなら簡単に追い払えそうな鋭い目つきを俺に向けて、ビシッと指を突きつける。

「こいつを生徒会の庶務にする。みんな仲良くしろよ」

「はあ!?」

松本《まつもと》先生の決定に何も知らない俺は当然驚くわけで。

「ふーん……」

眠たそうな目でポテチを齧《かじ》りながら興味なさそうに話を聞いている小野寺《おのでら》先輩。

少し短めに切り揃《そろ》えられた黒髪と小柄な体型が相まって、座敷童《ざしきわらし》を連想してしまう。

未《いま》だにこの人が俺よりも年上とは思えない。

「あらあら」

反対にサファイアのような透き通った青色の瞳を見せつけるように瞼《まぶた》を上げ、上品に驚いている南条《なんじょう》先輩。

青い瞳と腰まで伸びた金髪、それに仕草から、いやでも西洋のお姫様を思い浮かべてしまう。

「本当か!?」

綾《あや》先輩は驚きと喜びを混じらせ、猫を彷彿《ほうふつ》とさせる吊り上がった大きな目を爛々《らんらん》とさせていた。

各々《おのおの》が反応を示す中、突然の決定に顔色一つ変えない女生徒が一人。

茶髪を後ろで畳み、髪留めをした眼鏡っ娘《こ》はこのことを教えてもらっていたのだろう。

実の姉が松本先生なんだし、妹の雫《しずく》が知っててもなんら不思議ではない。

「これからよろしく頼むよ廉《れん》君」

まだ俺の口から『入る』と言ってないのに綾先輩の中ではもう俺は生徒会に入ったことになっているらしい。

「分からないことがあれば聞いてくれ。生徒会長である私――いや」

きらびやかな漆黒《しっこく》の髪を揺らし、豊かな胸を張って凛《りん》とした態度で高らかに言い放つ。

「君の彼女であるこの私に！」

「とりあえず生徒会の件と彼女については勝手に話を進めないでください！」

色々と俺の知らないところで話が進んでいってしまっている。

とりあえず一度頭の中を整理して、どうしてこんなことになったのかを考えよう。

俺は生徒会室《ここ》に来るまでの記憶を頭の中のスクリーンに映し出した。

猛勉強の末、春から偏差値の高いここ、私立白蘭《びゃくらん》学園の生徒として高校生活をスタートさせた。

広大な敷地面積を持ち、スポーツに積極的に力を入れているのか色々と完備されている。図書室も校舎の中にあるのではなく、独立した建物で存在していた。

本来ならエスカレーター式で中等部から高等部に上がる生徒がほとんどだ。

しかし何枠かは高校からの入学者に定員が割かれているため、この充実した設備を目当てで受験する生徒は少なくない。俺も例外なくその一人……ではないな。

過去を断つため誰も目指そうとしないほど偏差値が高く、遠い学校を探していた。それでたまたま見つけたのがこの学校だっただけだ。

死にものぐるいで勉強し、ようやく掴んだ再出発の切符。

誰も知り合いがいないことに喜びもあったが、同時に新参者である俺をクラスメイトが受け入れてくれるかと心配になった。

だが、クラスメイト達は俺や他の入試グループを快く歓迎し、俺は何不自由のない最初の二週間を過ごした。

クラスメイトの顔と名前もバッチリ覚えたし、話の合う友人も出来て、高校生活のスタートはいい出だしだ。

「よっ、廉」

校門で偶然会ったのは同じクラスの三島卓也《みしまたくや》。俺と同じ入試グループであり、第一号の友人だ。

「おう。卓也か」

「なぁ、昨日のアニメ見たか？」

『昨日のアニメ』という単語だけで何のアニメかは分かった。しかし、それを思い出すと喪失感が心を満たす。

「ヒロインが死んだ。あの子めちゃくちゃ好きだったのに」

「あー、確かに可愛かったよな」

そんなたわいもない話を繰り広げていると、あっという間に教室の前だ。

すでに他のクラスメイト達が各々《おのおの》の会話に花を咲かしている。

「おい、廉と卓也が来たぞ」

俺達に気づいた一つの男子グループが一斉にこちらを向いた。

「なぁなぁ！　お前らは会長派だよな！」

「何言ってるんだ！　小動物のような書記ちゃんだろ！」

「いやいや、あの母性溢《あふ》れる副会長さん一択だよな！」

「眼鏡っ娘の会計さんだろ！　いい加減にしろ！」

みんなの視線が俺達に注がれる。どうやら派閥《はばつ》争いをしているようだ。

これが男子高校生特有の盛り上がり方なのだろうけど、俺は単調な声で、

「いや、俺はそういうの興味ないし」

と返す。するとみんな冷めた目に変わった。

「でたよ。興味ないとか言って本当は興味ありありなんだよな」

本当に興味ないんだけど。

中学時代に告白をしたことがあるが、トラウマレベルの酷《ひど》いフラれ方をされた。それ以来、女子に憧《あこが》れや恋心を抱いたことがない。女子と話すことはあるが、結局は友人に届くか届かないか程度の繋《つな》がり。そのためこういった話はどうも絡《から》みづらい。

「というか、何で急にそんな話を」

「そういえば、今日全校集会じゃなかったか？」

「ああ、なるほどね」

全校集会……つまり、生徒会からの話があるのか。

「卓也はどうなんだ？」

「俺？」

質問の矛先《ほこさき》が俺から卓也へシフトチェンジする。

卓也は顎《あご》に手を当てて考えているが、俺は考える振りをしているだけで考えてはいないと思った。なぜなら、

「俺は三次元に興味ないから」

二次元にしか興味ないから。

「そういえば、そんなだったなお前」

「マジでもったいねぇよ。お前見た目いいのに」

「そんなことねぇよ」

謙遜《けんそん》しているところ悪いが、そんなことある。

俺も最初は卓也のことをリア充、それもトップに位置する奴だと思っていた。

しかし、話してみるとそんなこと全然なく、むしろ容易に想像できる一般的なリア充だとは微塵《みじん》も思っていない。

入学当初はクラスの女子から質問攻めや、誘いがあったが、卓也は嫁（紙）、妹（画面）、姉（架空）に早く会いたいからと言って帰ってしまっていた。

もちろんクラスメイトはそういう人物だと認識したことで卓也を諦《あきら》めたが、何も知らない他クラスの女子達は本質を知るたび絶望した表情をする。

「お前ら、もうそろそろ全校集会だから体育館に向かえよ」

教室に入ってきた担任の先生が全員に聞こえるように声を出した。

いつの間にか移動する時間になっていたらしい。

みんな口を揃えて「はーい」と答えると、体育館シューズを持って体育館へ行く。

「そんで、本当のところはどうなんだ？」

卓也が肩を並べて尋《たず》ねてくる。

「本当も何も、実際に興味ないし」

「じゃあ、もし仮に会長さんに告白されたら断るのか？」

「断るよ」

そもそもそんな可能性なんてないに等しい。

「筋金入りだな」

「お互い様に」

ぞろぞろと生徒の流れに従い体育館に入った俺達は指定された場所にクラスで固まり、全校集会が始まるのを待った。

「えー、静かに」

教師が注意するが、ざわつきは未だに残る。

仕方なしと思ったのか、そのまま集会の開始を告げる。

「それでは今から全校集会を行います。まずは生徒会から連絡です」

途端にざわついていた体育館は静まる。

同時に舞台袖《そで》から現れたのは漆黒の長い髪をなびかせる絶世の美少女。

その美少女にみんなは釘付けになっていた。

「皆、おはよう。生徒会長の東雲《しののめ》綾だ」

大きく、キリッとした目で集まった生徒を見渡す会長。

「一年の皆は高校生活に慣れただろうか。知っての通りこの学園は、勉学はもちろんだが、部活や図書館などの施設が整っている。短い高校生活だ。存分に青春を謳歌《おうか》してくれたまえ」

その後も会長の話は続くが、誰一人として雑音を加えることはなかった。


「今日も会長さんは素敵だったね」

「俺会長さんにだったら命捧《ささ》げられる」

集会が終わり、続々と教室に戻る生徒達は会長の話で持ち切りだ。

先生もためになるような長ーい話をしてたんだから少しぐらい触れてあげようぜ。

まぁでも、それは仕方ないのかもな。

入学したばかりの俺にも会長の噂《うわさ》はよく耳に入る。

容姿端麗、文武両道。責任感もあって世話好きで、この学校のどの男よりも男らしい。非の打ち所がない完璧人間。

男女分け隔《へだ》てなく人気があるのも頷《うなず》ける。

「やっぱり会長は人徳があるからか、みんな聞き入ってたな」

「確かに、あんな美人の話を聞かない人なんてそうそういないよな」

と自分で言ったものの、実際俺は聞き三割、考えごと七割程度だったけど。

話の内容？　聞いてたからって、覚えているとは限らない。

何を考えてたかって？　そんなの早く帰りたいに決まってるでしょ。

「話変わるけど、廉は部活入ったのか？」

「いや、入ってない」

これといって打ち込みたいことなどない俺に時間を割いてまで部活をしようという気力もない。

だから多くのクラスメイトが部活に励んでいる中、俺は図書室に籠《こも》るか、直帰するかの二択の生活をしていたのだった。

「なら俺と同じ部活に入ってくれよ。参加したい時に参加出来るし、個人的にも過ごしやすくなる」

「確かアニメ研究会だったよな？　興味はあるけど、入ろうとは思わないな」

俺の答えに卓也は肩を落とす。

「そうか。出来れば入ってほしかったんだけどな。俺がいると空気が悪くなるらしくて」

心の底から入部したいと思って入ったのに、容姿のせいもあって茶化しに来たと勘違いされ、挙句の果てに数少ない女子部員を無自覚に虜《とりこ》にしてしまって、さらに男子部員達から敵視されるシーンが一瞬で頭の中に浮かんだ。

「入ったばかりだけど、退部しようかな」

「一回考え直して、それでもダメなら退部すればいいんじゃないか」

「そうするか」

納得した卓也と俺は教室に入り、自分の机の上に教科書を並べる。

しかし、全校集会の時点で帰りたいと心の中で連呼していた俺が、まともに授業を受ける心持ちのはずもなく、朝一番の授業だが、瞼が重くなっていく。

起きなければ先生に怒られてしまう。辛《つら》いが必死に起きなければ。

「――い、廉。起きろ」

前方から誰かの声がおぼろげに聞こえる。

「俺は知らないからな」

いつの間に目の前が暗くなっている。停電でも起きたのか?

「守谷《もりや》‼」

女性にしては少し野太い声が俺の耳穴に反響し、俺はようやく眠っていたことに気がついた。

右隣にはクラスメイトではなく、鬼の形相《ぎょうそう》で見下ろす数学の担当であり、このクラスの担任、松本先生だった。

「よほど私の授業がつまらないようだな」

「えっと」

暑くもないのに、背中がジンワリと汗をかく。

何か言おうにも、少しでも眠っていた脳が良い言い訳を弾《はじ》き出すことなど出来るわけがなかった。

「お、怒りすぎると、シワが増えますよ。せ、先生若いんですから、気をつけないと——」

「大きなお世話だ！」

垂直に手刀が脳天に落とされ、頭を押さえて俺は机に突っ伏す。

さらに追撃とばかりにさらなる罰が下される。

「放課後、私の所に来い。いいか、必ずだ！」

つかつかと黒板の前に立つと止まっていた授業が進む。

「御愁傷様《ごしゅうしょうさま》」

と言って両手を合わせる卓也。

元々俺が悪いので、責めることは出来ないが、少しばかりイラッとした。

まだ授業はある。その間に松本先生が忘れてくれることを祈ろう。

授業が全て終わり、俺はすぐに帰ろうとした。

この言い方をすると、まだ帰れていないのか？　と思うだろう。

その通り。

松本先生に首根っこ摑まれて絶賛引きずられ中です。

ホームルームが終わり、すぐさま退散しようと教室後方の扉を開けた。

そしたら目の前に松本先生がいた。

さっきまで教卓にいた先生が今俺の目の前にいる。

もうこれよく分からないな。と思いながら次の瞬間には首根っこを摑まれていた。

「守谷。先生との約束を忘れちゃダメだろ？」

なんでこの先生は片手で俺を引きずれるのだろう。

確かに背は低めで、体重も軽い方だが、だからといって女性が片手で引きずれるとは思えない。

あんなスリムな体のどこにそんな力があるのか。

あと、先生。階段でも引きずるのやめてください。お尻が痛いです。

「着いたぞ。早く立て」

ようやく解放され、おとなしく立ち上がる。そこは生徒会室の真ん前だった。

「あの、なんでここに？」

「そんなの決まってるだろ。罰として仕事を手伝ってもらうためだ」

先生が扉を開く。

部屋の中には机がコの字型に並べられ、それぞれ役職の札が添えられている。

壁には何かの絵画や表彰状。棚には高そうな花瓶と、ティーセットがあった。

あまりのきらびやかさに間違えて校長室に入ってしまったのではと勘違いを起こす。

「おや、松本先生。何か用事ですか？」

生徒会長の席に座っていた女生徒が立ち上がり、俺と先生を出迎えた。

その顔を忘れるはずもない。

今朝の全校集会にて堂々とした態度で壇上に立った東雲先輩。生徒会長その人だった。

「この生徒がどうしても生徒会長様の役に立ちたいと涙ながらに懇願《こんがん》してな。この後、たしか力仕事があっただろ。ちょうどいいから連れていけ」

懇願した記憶、俺にはないんですけど。

「そうですか。ですが結構。私一人で十分ですから」

生徒会長はそう言って断った。このままいけば解放されるのでは？　と甘い希望を抱く。

「そう言うな。こいつもやる気なんだから」

微塵もないです。

「ふむ……では、手伝ってもらおう」

俺に向かってそう言う生徒会長。これで今日、俺の自由な時間が消えるのは確定か。

「それじゃあ、私は職員室に戻る。何かあったら呼んでくれ」

それだけ言い残して松本先生は生徒会室を出ていく。

これが俺と生徒会長のファーストコンタクトになった。

全生徒憧れの生徒会長と二人きり。他の生徒からしてみれば羨《うらや》ましいことこの上ないだろうが、俺からしてみればなんとも思わない。

「そ、それじゃあ、何か手伝うことってありますか？」

「いいや、結構。別に君は先に帰ってくれても構わないぞ」

俺が問うとそう返ってきた。

確かに帰れるものなら帰りたいが、ここまで来てしまったら手伝わないのも何か違う。

「いえ、やらせてください」

「なら、ついてきたまえ」

生徒会長は俺を連れて生徒会室を出る。そして、階段を降り外に出て、見るからに人が来なさそうな場所に設置された倉庫の前で立ち止まった。

ポケットから鍵を取り出し、南京錠《ナンキンじょう》を解錠する。

扉を開くと、椅子や机、壊れた人体模型などが乱雑に置かれていた。

「ここの整理を学校から頼まれている。出来れば今日中にだ」

「え、今日中、ですか？」

もう一度倉庫の中を確認する。

どう見たって一人で片付く案件ではない。

「他の人は手伝わないんですか？」

思わず口が開く。

「別の仕事があって、私だけだ。勘違いするな。これは私が進んで受けたんだ」

生徒会長は早速作業を始める。部外者の俺が口を出す権利などない。俺は黙ってその作業を手伝った。

椅子を退《ど》かしたり、いらない物といる物で分別し、処分する。

そして作業が始《はじ》まって一時間が経過。どれだけ片付いたのかと倉庫内を確認するが、順調に進んでいるのか怪《あや》しい。

手を抜いてるつもりはなく、単純に物が多すぎて二人では対処しきれないのだろう。

横目で生徒会長を盗み見る。

涼しい顔で物を運んでいた。すでに俺は疲れを感じはじめているというのに。

やっぱり生徒会長は凄《すご》い、と感心をしていた時だった。一瞬、生徒会長の足元がふらついたように見えた。

「生徒会長！　大丈夫ですか!?」

慌《あわ》てて近づき、声をかけるが、生徒会長は顔色一つ変えずに平然としている。

「どうした、そんなに慌てて」

「あれ、さっき」

ふらついたように見えたから体調が悪いのかと思ったが……気のせいか？

「早く終わらせてしまおう。そうだ、終わったらお礼に何か飲み物でも奢《おご》らせてくれ」

「いえ、そんな。悪いですよ」

「遠慮するな。それとも、私が買った飲み物は飲め――」

脚立《きゃたつ》を使って物を上にあげようとしていた生徒会長は、足元から崩れるように倒れ始めた。

「危ない！」

咄嗟《とっさ》に生徒会長を抱きとめ、落ちてくるものから生徒会長を守るため身を挺《てい》する。

幸いにも軽いものばかりで、ちょっとした打撲で済んだ。

それよりも生徒会長だ。明らかにあの倒れ方はバランスを崩したことが原因ではない。それに、顔が赤い。

「失礼します」

生徒会長の額《ひたい》に手を当てる。

俺のと比べるまでもない。健康と判断出来ないほど熱かった。

「保健室に行きましょう」

「へ、平気だ」

俺から離れて立ち上がるが、足元がふらつき、平静を装えていない。

「これ以上は無理です」

「大丈夫だ！」

声を荒らげる生徒会長に俺は絶句した。

「私は生徒会長だ。責任感があって、頼りになるんだ。だから、私のこんな姿を人に見せるわけにはいかない」

体に鞭《むち》打って動かす生徒会長の後ろ姿を見た俺は、頭の中に生徒会長の評判がよぎる。

生徒会長は容姿端麗、文武両道。責任感があって、世話好きで、どの男よりも男らしい。非の打ち所がない完璧人間。それが、この学校の全員が持つ、生徒会長のイメージ。

しかし、そのイメージが生徒会長本人を押し潰《つぶ》そうとしていた。

みんなの期待に応《こた》えようと必死になる生徒会長を俺は見ていられない。

「あー、もう！」

俺は生徒会長を摑まえ、無理やりお姫様抱っこをした。

「な、何をしている！　放せ！　これ以上醜態《しゅうたい》を晒《さら》させるな！」

ジタバタと暴れて抵抗する生徒会長に思わずカッとなって一喝《いっかつ》する。

「そんなこと知りません！　みんなが生徒会長のことをどう思おうが、それに対して生徒会長が必死に応えたかろうが関係ありません！　俺からしたら生徒会長はただの女の子です！　辛そうにしてる女の子を放っておく男がいるわけないでしょ！」

「なっ⁉」

口をパクパクとさせている生徒会長。何か言おうとしているが、そんな時間すら惜しみたかった。

昇降口に来たが、上履《うわば》きに履き替えることもせず、靴だけ脱いで保健室に向かう。

途中何人かに見られていた。おそらく次の日にはこのことが知れ渡り、男女問わず好奇と嫉《しっ》妬《と》の目が注がれるだろう。しかし、そんなことをいちいち気にしていられない。

ようやく保健室までたどり着き、生徒会長を落とさないように注意を払って扉をスライドさせた。

俺達の訪問に驚いた白衣を着た先生が目を丸くしながらも、俺の腕の中で苦しそうにしている生徒会長を目にとめると、険しい表情に変わった。

「東雲さん、一体どうしたの⁉　顔が真っ赤じゃない」

「無理をしてたみたいで」

先生が手で熱を測ると、すぐさま生徒会長をベッドに下ろすように促《うなが》す。

俺はガラス製品を扱う以上に慎重に生徒会長をベッドに寝かせた。

「少し汗をかいてるわね。体を拭《ふ》かないと」

とは言ったが、一向に拭こうとせず、チラチラと何度も俺を見てくる。

「一応、服を脱がすから」

「す、すいません！　あとよろしくお願いします！」

ようやく、意味を理解した俺は脱兎《だっと》のごとく保健室を出て、扉を勢いよく閉めた。

自分の顔が少し熱いが、これは生徒会長とは別の理由だろう。

「さて、どうしようか」

生徒会長が倒れてしまったんだ、これ以上手伝う理由はない。

しかし、俺の心にはモヤモヤしたものが残り、帰宅することを拒《こば》んでいた。

俺は大きくため息を吐くと、とぼとぼと倉庫に戻る。

自分でもなぜこんなことをしようと思ったのかは分からない。でも、倉庫を片付ければこのモヤモヤも晴れることは理解していた。

再び倉庫に入った俺は、まだ終わりの兆《きざ》しが見えそうにない光景に辟易《へきえき》しつつも、手を動かして整理をする。

十分……二十分……三十分……一時間……。

時間が進むにつれて倉庫内は片付いていくが、まだ終わらない。

カラスの鳴き声はとうにやみ、虫達の声が薄暗い空に響く。

「よいしょっと」

ようやく、半分以上片付いた。あと一時間ぐらいすれば、すべて片付くだろう。

気合いを入れるため両手で左右の頬を思いっきり叩く。

ジンジンと痛むが、気合いは十分だ。

「よし！」

作業を再開すべく、床に置かれた箱に手を伸ばそうとした。

背後から三度扉を叩く音が聞こえ、反射的に振り返ると、松本先生が扉にもたれかかっている。

「守谷。順調か？」

「まぁまぁです」

「そうか……すまないな」

目線を俺から下に落とし、申し訳なさそうな表情を浮かべた。

「養護教諭の清水《しみず》先生から話は聞いている。まさかこんなことになるなんて。お前には迷惑をかけた」

覇気のない松本先生に俺はむずがゆさを覚える。

「別にいいですよ。元々これは居眠りの罰なんですから。というか、先生がいつもと違って気持ち悪いです」

「誰が気持ち悪いって？」

両手を握り、俺のコメカミをグリグリする。

痛みで叫び、ジタバタする俺をしばらく眺めると、パッと手を離す。

「なぁ……少し話をしようじゃないか」

「まだ作業が残ってるんですけど」

「そんなのいい。そもそも怠惰《たいだ》な教師が御託を並べて生徒会に押し付けた仕事だ。やる必要がないのに勝手に綾がやっただけだ」

近くに置いてあったパイプ椅子を立てて座る松本先生。

俺も同様にパイプ椅子に座った。

「生徒会長のこと、下の名前で呼んでるみたいですけど、担任とかだったんですか？」

「ん？　いや、そういうわけじゃない。私と綾は従姉妹《いとこ》なんだよ。あ、このことは誰にも言うなよ」

「言いませんけど、何でそんな必要が？」

俺が聞くとなぜか遠くを見つめる。

「最初はヒイキしてるんじゃないかって疑われるのを避けるためだったんだが、今では綾の人気がありすぎて伏せてる感じだな」

「そこら辺の神様より崇拝されてるんじゃないですか？」

「確かに」

　フッと笑う松本先生。

「綾は小さい頃から責任感があって、男の子と対等に喧嘩出来るほど強かった。勉強も誰かにやれと言われるまでもなく成績をぐんぐん伸ばして、歳を重ねるごとに人の前に立つ器《うつわ》が大きくなった。まるであいつは人を導くために生まれたような存在だよ」

　懐《なつ》かしんで話す松本先生の瞳はとても優しく感じる。

「でも、私はこのままじゃいけないと思ってる」

「どうしてですか？　聞いてる限りだと何も問題はないと思うんですが？」

　俺の問いに松本先生は首を横に振る。

「綾にはもう少し高校生らしく生きてほしいんだ。このまま出来る女で高校生活を終わってほしくない。青春を謳歌してほしい。そう、例えば……恋、とか」

「恋、ですか」

　一瞬、俺の頭に過去の映像が浮かび上がった。

「今まで綾から浮いた話を聞いた覚えがない。せめて一度は経験してほしいんだ。そのためなら私は綾を全力で応援する」

　松本先生は本気のようだ。それだけ生徒会長のことを大切に思っているのだろう。

　しかしなぜ。

「なんで俺にそんな話を?」

満足そうな顔でパイプ椅子から立ち上がった松本先生は俺を見下ろす。

「初めてだったんだよ。綾のことを心配して、無理矢理でも休ませた奴なんて。皆、綾のことを超人か何かと勘違いしてやがる。あいつはただの女だってのに」

そして、ニカッと俺に笑いかけた。

「そんなお前だったら。もしかしたら綾の高校生活に何かしらの色を加えてくれると思った。だから話した」

松本先生はツカツカと外に向かって歩き始め、後ろ姿のまま手をフリフリし、

「もう帰れよ。それ以上作業する必要ないから」

と言い残すと、扉の向こうへ姿を消した。

一人残された俺。これ以上はしなくても良いとお達しもあったことだし、帰るとしよう。

倉庫をしっかりと施錠し、職員室にいた教師に鍵を渡し、明日はみんなに色々聞かれるなと憂鬱《ゆううつ》に歩いているといつの間にかアパートに着いていた。

いつ見ても古き良き木造のボロアパートだな。

鍵を差し込み、ガチャリと捻《ひね》る。

「ただいま」

返事がない。当たり前か。

白蘭学園は実家から通うにはあまりに遠すぎる。そのためアパートを借りてこうして通っている。

学生寮のという手もあったが、色々と規則に拘束されることが嫌だった。

なので、生活の足しにするため仕送りとは別に週に数日バイトをしている。

「何かあったかな」

小さな冷蔵庫に手を伸ばし、中身を確認するがロクなものがない。

コンロでお湯を沸かし、カップ麺にそのお湯を注ぐ。

三分経ったので、蓋《ふた》を取って割り箸《ばし》で麺を啜《すす》る。

数分もしないうちに平らげた俺はスマホをいじりながら敷きっぱなしの布団に身を預けた。

ネットで明日の天気予報を確認する。明日は晴れのようだから溜まった汚れ物を洗濯するか、などと考え、その後もネットサーフィンして時間は夜の十時。少し早いが寝るとしよう。

願わくは、今日のことがなかったことになっていてほしい。


次の日。

俺はいつものように通学をしていた。昨日のことを忘れられればこんなに気が重くなっていないのに。

今思えば、大胆なことをしたものだ。

教室に着いても扉を開ける勇気もなく、少しの間立ち止まっていた。

一旦落ち着いて、心の準備をしよ――

「何やってんだ廉？」

俺の事情など知らない卓也がガラッと扉を開けた。

クラスの奴らは俺を見るや否《いな》や詰め寄ってくる。

「昨日見たんだけど、あれなんだったの⁉」

「お前、生徒会長をお姫様だっこしたんだってな！　羨ましすぎんぞ！」

「俺もしてぇし、生徒会長にされてぇ！」

騒ぎに駆けつけた他のクラスも加わり、いよいよ収拾がつかない事態に。

その時、前方からバンッという音がした。

その音で全員が教卓に注目をする。

いつの間にか教室にいた松本先生が教卓に手を置きながらギロリとこちらを睨《にら》む。

「まだ授業が始まってないからって、騒がしすぎるぞ」

ドスの利《き》いた声で凄《すご》む姿はヤクザ顔負け。

おそらく、先生なりの俺への助け船であると思うけど、正直怖すぎて俺がちびりそうだった。

あれ、心なしかパンツが少し湿って――

「他のクラスの連中も、さっさと教室に戻れ！」

松本先生の号令に軍隊の如《ごと》く反応した他クラスの生徒は、一斉に自分の教室に戻っていく。

ようやく人の壁から解放された。

その後も授業と授業の間の休憩時間に何人かが事情を聞いてきたが、事実だけを述べると納得してくれた（大半の男子生徒にはまだ嫉妬の眼差《まなざ》しを向けられるけど）。

そんなこんなで今四時限目の授業が終わり、昼休み。

早く購買に行かなければ俺の昼飯がなくなってしまう。

財布を持って飛び出そうとした同じタイミングでピンポンパンポーンと音が鳴った。

昼休みに誰か呼び出しか？

『あー、生徒の呼び出し。一年三組の守谷廉。至急生徒会室に向かえ。繰り返す。一年三組の守谷廉。至急生徒会室に向かえ』

気だるそうな松本先生の声が校内中に響き渡る。

というか、呼び出しがまさかの俺だった。

「廉、お前何かしたのか？　ごめん、したんだったな」

「おい卓也、変な言い方するな」

心の中で大きく息を吐く。

今日は昼飯抜きだな。

急いで階段を使って俺は生徒会室まで駆け上がった。

目的地に着いたが、生徒会室は扉が閉まっているため中の様子が分からない。

妙な緊張感から震える手で、三度ノックする。

「はい」

中から生徒会長の返事があったので、俺は声を出した。

「守谷廉です」

すると、扉が勝手に開き、生徒会長が目の前に現れる。

「来てくれたか！」

若干《じゃっかん》こちらを見下ろす形で生徒会長は俺の手を引っ張り、中へと促した。

昨日の今日でここまで元気になるものなのか。

中には他に三人の美少女がいたが、生徒会長とは違い、少しだけ警戒しているように感じる。

「あらあら、綾ちゃん。その子は？」

副会長の席に座るゆるふわなお嬢様がそう声をかけた。

「話しただろ？　昨日仕事を手伝ってくれた一年男子だ」

三人は俺を品定めするように足先から頭までをじっくり観察している。

「なんだか……頼りなさそう……」

書記の席に座るショートヘアーの小動物系女子がポテチを齧りながらそう呟《つぶや》いた。

「確かその人、教室の前で大勢に囲まれていましたね」

会計の席に座る眼鏡っ娘《こ》がクイッと眼鏡の位置を正して、吊り上がった目を光らせる。

生徒会メンバー全員集合かよ。

「そうだ。念のため自己紹介をしておこう」

俺の手を離し、張った豊満な胸に手のひらを添える。

「私は生徒会長。二年、東雲綾だ」

次に副会長が立ち上がって微笑む。

「私は副会長の南条姫華《なんじようひめか》です。綾ちゃんと同じ二年よ」

書記は視線を合わせずポテチを頬張りながら声を出す。

「書記……小野寺《おのでら》、小毬《こまり》……二年」

会計は立ち上がり、俺を睨む。しかし、その姿を以前にどこかで見た覚えがある。

「あなたと同じ一年。会計の松本雫《しずく》です」

「ん？　松本？」

「雫は君の担任、松本杏花《きようか》先生の実の妹だ」

「え、そうなんですか⁉」

「何か問題でも」

松本さんにギロリと睨みつけられ、思わず背筋が伸びた。

確かにこの眼光は先生にクリソツだ。

「そ、そうだ。放送で呼び出しがあったんですけど」

本来の目的を完遂《かんすい》させてさっさとこの場から去りたい。

「あぁ、そのことなんだが、その……」

生徒会長はモジモジとして、何かためらっている様子。

「き、君は昼を済ませてしまったか？」

午前の授業が終わってすぐに呼び出されたんだ。済ませているはずがない。

「いえ、まだです。買って食べようかと」

「そうか！　それは良かった」

生徒会長は鞄の中から弁当箱を取り出して、俺に差し出す。

「昨日のお礼だ。口に合うか分からないが」

「いいんですか⁉」

一人暮らしの俺にとって昼代が浮くのはとても喜ばしい。

ありがたく弁当を受け取った。

「要件はそれだけだったんだが、わざわざ呼び出してすまないな」

「気にしないでください。俺は貰《もら》えてすげぇ嬉しいですから」

「そ、そうか」

頬を朱色に染めると、生徒会長は一度だけ咳払《せきばら》いをする。

「貴重な昼休みが終わってしまうぞ。早く戻りたまえ」

「はい！　弁当ありがとうございます！」

俺は深々とお辞儀をしてから生徒会室を後にし、自分のクラスに戻ろうとしたが、この弁当を誤魔化すいい案が思いつかず、人がいなさそうな校舎裏に向かい、そこで弁当箱を開けた。

「うわっ、すごいな」

一段目にご飯が敷き詰められ、二段目には卵焼きや唐揚げ、サラダが混ざることなく並んでいる。

ここまで彩りと栄養バランスが考えられた弁当を目にするのは遠足以来な気がする。

「いただきます」

唐揚げを箸で摘《つま》み、口に放り込む。

鶏肉にしみた醤油がなんとも言えない。この美味《うま》さは間違いなく手作り。

「卵焼きは……」

焦《こ》げ目のない綺麗な黄金色に胸躍《おど》らせて、頬張った。

口一杯に広がる甘めの卵。俺の好きな味付けだ。

「ここに引っ越して以来だな。こんな誰かが作ってくれたご飯を食べるなんて」

思わず涙が滲《にじ》み出し、袖で拭《ぬぐ》う。

もっと味わって食べたいところだが。そんな時間はないので弁当の中身をかき込む。

食べ終えると同時に手を合わせた。

「ごちそうさまでした」

弁当箱は洗って明日にでも返そう。

教室に戻った俺は、誰にも気づかれないよう弁当箱を鞄の中にそっと入れた。


「守谷、ちょっといいか？」

予定もないのでホームルームが終わってすぐに帰ろうとしたところで、松本先生が俺を呼び止めた。

「はい、なんですか？」

「いや、ここではちょっと話しづらい。生徒指導室まで来てほしい」

松本先生の物腰から察するに、俺の生活態度についてではないはず。

一体なんだろうか。

「分かりました」

松本先生についていく形で俺は生徒指導室まで足を運ぶ。

運が良かったのか、そもそもこの学校に素行が悪い生徒がいないのか、生徒指導室は誰もいない。

聞かれたくない話をするのにぴったりな場所だ。

「そこに座ってくれ」

俺は椅子に座り、机を挟んで対面に松本先生が座る。

しかし、一向に話を切り出そうとしない。

「あの、話って」

「あ、あぁ。話、な。まぁ、その――……昨日、綾が倒れた以外に何かあったのか？」

「いえ、ありませんでしたけど。なぜです？」

「綾から昨日メールが来てな。お前のことを根掘り葉掘り聞いてくるもんだから」

もしかして、何か俺は気に障《さわ》ることでもしたのか？　いや、確かに無理やり保健室に連れていったけど。しかし、それに関してはお礼もされたしな。

「多分、綾はお前を気に入ったと思うんだ。そこで相談なんだが……守谷、お前生徒会に入らないか？」

「お、俺が⁉」

生徒会など俺にとっては一生関《かか》わりのないものだと決めつけていたこともあり、少し大袈裟《おおげさ》に驚いてしまった。

「ここの生徒会の構成は生徒会長に委《ゆだ》ねられている。私が口添えすれば綾もお前を生徒会の役員にしてくれるはずだ。なぁ、どうだ？」

「そんなこと言われても。俺は入る気なんてないですよ」

俺の返答に松本先生はあからさまに落ち込んだ。

「お前が入れば、少しは綾も変わると思ったんだけど。そうだよな」

「すいません」

「気にするな。時間を取らせてすまなかった。話はそれだけだ。守谷は帰って――」

ピンポンパンポーンと昼に聞いた音が鳴る。

こんな時間に呼び出しということは先生に対してか？

『一年三組、守谷廉君。生徒会室まで来なさい。一年三組、守谷廉君。生徒会室まで来なさい』

また俺なのか⁉

振り返って皿になった目で先生を見るが、同じく目を皿にしている先生はまったく知らないらしく、首をせわしなく横に振っている。

「な、なんの用なんですかね」

「さ、さぁ。しかも綾直々《じきじき》の呼び出しなんて」

呼び出されてしまったものは仕方がない。

生徒会室に行かなければ、生徒会長が待ちぼうけを食らってしまう。

「生徒会室に行ってきます」

「私もついていこう。少し気になる」

松本先生と共に生徒会室に向かう。

「本当に昨日は何もなかったんだよな？」

「そのはずなんですけど」

本日二度目の生徒会室の訪問。

二度目であるうえに松本先生が付き添いということもあり、すんなりと扉を叩く。

「守谷れ――」

「待っていたぞ！」

名乗り終わらないうちに中から扉が開かれ、生徒会長のご登場。

「おや、松本先生も一緒でしたか」

「あ、あぁ。た、たまたま一緒になって」

松本先生が戸惑《とまど》っているだと⁉

「生徒会長。また、呼び出しがあったんですけど」

「今日の弁当箱をどうするか言ってなかったのでな。教室に行くと騒がれると思って、放送で呼び出してしまった。申し訳ない」

「いえ、別にそれはいいんです。弁当箱は俺が洗って返しますから。あと、弁当ごちそうさまでした。毎日食べたいくらい美味《おい》しかったです」

一瞬にして顔が真っ赤になった生徒会長は俯《うつむ》いてしまった。

まだ本調子ではないのか？

「ありがとう」

微《かす》かに声を発すると、顔を上げていつもの調子を取り戻す。

「わざわざ足を運んでもらってすまないな」

「いえ、こちらからもお礼言いたかったんで。じゃあ、俺はこれで」

「ま、待て！」

回れ右をしようとしたが生徒会長の突発的な声で制止した。

「廉君は生徒会に興味がないか？」

その言葉に俺の体はビクッとなる。

ほんの十分前に松本先生としたばかりの話が、まさか生徒会長本人からされるとは思わなかった。

「生徒会の役員は女ばかりだ。昨日みたいに男手が必要な時に君がいてくれれば非常に助かるのだが」

いや、生徒会長さん。不調だったのに俺以上に働いてたじゃないですか。

「綾。その話だが、もう私がした」

ここでようやく松本先生が話に交ざる。

「もしかして！」

キラキラと期待した眼差しに松本先生は結果を伝えるのを躊躇《ためら》っていた。

あんな目をされてしまえばそうなるのも無理はない。

だから、ここは俺が言うべきだ。

「すいません。断らせていただきました」

「え……」

笑顔が一変して曇る生徒会長。

「ど、どうしてだ？　生徒会役員は皆進んでやりたいと言うんだぞ？」

それは生徒会長への憧れや好意から側《そば》にいたいと思う生徒なのだろう。

しかし、俺にとって生徒会長はただの生徒会長なだけで、憧れや好意はない。

受けない理由がないが、その逆もない。

強《し》いて言うなら、生徒会に入れば変に注目されてしまう。

「そういうの興味がなくて。すいません生徒会長」

今度こそ退室しようとした。しかし、またしても俺の動きは止まった。

声による制止ではなく、とても小さな抵抗。

クイクイッと袖を弱々しく引っ張られていた。

振り返ると俯いている生徒会長が。

「あの、生徒会長。放してもらえると嬉しいんですけど」

「……ぁや、だ」

「へ？」

素《す》っ頓狂《とんきょう》な声が出てしまった。

「生徒会長は役職だ。私の名前は東雲綾だ。だから綾と呼べ」

急になぜそんなことを言うのか分からない。しかし、生徒会長の表情を見ていると、呼ばなければ罪悪感で押し潰《つぶ》されそうだ。

「わ、分かりました。せ——あ、綾先輩」

「……よろしい」

パッと手を離して、後ろを向いた綾先輩。

「用件は済んだ。もう帰ってもいいぞ」

「は、はい」

扉に向かって歩き、松本先生と一緒に部屋を出た。

ようやく解放されたが、十分そこらでかなりの疲労感がある。

「松本先生。俺もう帰りますね」

しかし返事がない。代わりにブツブツと呟く声が聞こえる。

「綾ってあんなにしおらしかったっけ。私と引けを取らないほど男勝りだったのに。いつの間にあんなスキルを」

何か聞いてはいけないような気がしたので、松本先生の体を揺すった。

「先生！　俺もう帰りますよ？」

「うえっ⁉　……あぁ、気をつけてな」

この後、俺はすぐに家路《いえじ》につく。

生徒会長とこんな風に関わることなんてもうないだろう。貴重な体験が出来たと浅はかな考えをしていた。

だけど、これで終わらないことをこの時の俺はまだ知らない。


翌日。いつものように俺は学校に向かっていた。

ようやく見慣れた景色や人。たまにおじいちゃん、おばあちゃんが挨拶《あいさつ》をしてくるので、俺は挨拶を返す。

そんな道中、見慣れない女生徒が立っていた。

漆黒と表現したくなる長い髪を風になびかせ、顔の前まで来た髪を手で耳へと導く。

一つ一つの動作が額縁《がくぶち》に入った絵のように様になっていた。

しばしボーッとしていた俺の存在に気がついた女生徒はこちらに近寄ってくる。

「廉君。おはよう」

「お、おはようございます」

綾先輩だった。

こっち方面に住んでいるのか？　いや、それなら一回ぐらいは見かけているはず。

「どうした？　早くしないと遅刻するぞ」

「え、あ、そ、そそそうですね」

笑顔の綾先輩。俺はどうしていいのか分からず、声を詰まらせながら答える。

「そうだ！　弁当箱返しますね」

「わざわざ洗ってもらって、すまないな」

弁当箱を渡して一緒に学校に向かう。

しばらく会話のない時間が続き、とりあえず場をつなぐため話を放る。

「綾先輩はこっちの方に住んでるんですね。一カ月ぐらい住んでるのに会ったことがなかったからびっくりしました」

「当然だ。反対の道なんだからな」

……あれ、今の聞き間違いかな？　反対って……あぁ、反対。俺が通る道の反対車線側に家があるんですね。そうですよね！

「そうなんですか……あ、もう学校に着きましたね！」

実際は学校が少し見えてきただけだが、この時点で様々な視線が俺に突き刺さってる。

これ以上綾先輩といると夜道に気を付けなければいけなくなる。

だから俺は走っ――ろうとした。走ろうとしたんだよ！

でも何でかな。肩掴まれて動けないの。

「まぁ、待ちたまえ。これを先に渡しておく」

そう言ってピンク色の布で包んだ弁当箱を渡してきた。

「おっと、急がねば。私は先に行っている。廉君はゆっくりと来るがいい」

時間を確認し、小走りで去っていった綾先輩。

最後の最後でとんでもない爆弾を置いてかれた。

うん、きっと大丈夫だ。周りにはクラスの連中はいなかったはず。

俺は一度後ろを振り向き、すぐに前に戻す。

クラスメイトが血涙《けつるい》流してたら誰だって驚いちゃうよね。

だから、俺が反射的に逃げるのは不思議じゃない。

「待て‼　今お前生徒会長から何もらったんだ‼」「中身見せろ！　守谷‼」「俺達にもその幸せ分けやがれ‼」

なぜ俺がこんなことに。

「俺の話を聞いてくれ！」

俺がそう言うも、聞く耳など持ってくれない。

必死に逃げ、なんとか学校内でまくことが出来たが、すぐに教室には向かえない。

松本先生が教室に来る時間まで俺はスパイの如く、適当な空き教室に身を潜《ひそ》めるが、

「ん？　あなた」

たまたま通りがかった女子生徒が俺の存在に気がついた。

急いで逃げないと。

「待ちなさい！　昨日会ったでしょ？」

いやいや、俺昨日は人の大群ですし詰めにされて押し寿司になりそうだった中、誰に会ったかなんて覚えてるはず——

「って、松本さん？」

もちろんこの松本さんは松本先生ではなく、松本先生の妹、松本雫のことだ。

対面した時と同じように眼鏡をクイッと上げる。

「お姉ちゃんも松本だから別の呼び方でお願い」

「えーっと、じゃあ。松本妹？」

「はっ倒すわよ」

松本先生と同じ鋭い目つき。やっぱり怖い。

「すいません。じゃあ、雫さん」

「同級生なんだからさん付けじゃなくて、雫って呼び捨てでいいわよ」

要求が多いな。

「雫」

「よろしい。それで廉はこんな所で何をしてるの？　もうすぐ授業始まるわよ」

そっちも呼び捨てなんですね。

「いや、少し諸事情で」

「もしかして、綾ちゃんが原因？」

一発で原因を言い当てられ、正直に体が反応してしまう。

「図星ね」

「どうして分かったんだ？」

「学校中があなたと綾ちゃんの話題で持ちきりなの知らないの？」

え、学校中なの？　やだ怖い。

「気をつけたほうがいいわよ。一年前に綾ちゃんと恋人だって嘘ついた人が翌日に悟りを開いちゃったから」

ごめん、それは冗談抜きで怖い。

右手の時計を確認すると雫は踵《きびす》を返す。

「まぁ、多分そこまでいかないと思うけど頑張って。あと、もうお姉ちゃんも教室にいる頃だと思うから」

俺の思考が全て読まれているのか、俺にそう言い残して彼女はどこかに去った。

どこかといっても教室だろうけど。

「俺も教室に戻るか」

俺は荷物を持って教室に向かう。この鞄の中にある弁当箱という名の爆弾に頭を悩ませながら。


授業中だというのに周りからの視線がとても痛い。

もうすぐ授業が終わり、昼休みを迎える。

どうにかして教室を出たいが四方八方を敵に囲まれているため脱出は不可能。

弁当箱を教科書で隠し、授業内容を聞くふりをして先生に近づいて出ることも可能だが、さっきまでやっていたのは保健の授業。しかも性に関する分野。担当は若い女教師。

ここで俺がその作戦を実行してしまえば、性に熱心な変態紳士になってしまう。

さすがにそれは嫌だ。

他に方法はないのか。

必死に策を練るが無慈悲に鐘《かね》はタイムリミットを告げた。

「はい、授業はここまでです」

鐘に気づいた先生も授業に区切りをつけ、体を俺達に向ける。

そして、学級委員長が号令をかける。

「起立」

位置について……

「礼」

よーい……

「ありがとうございました」

先生が教室を出て扉を閉める。

バンッとスターターピストルが鳴り、俺は鞄の中の弁当箱を摑んで扉に体を向けるが予想通りすでに封鎖され、出ることが出来ない。

「どこ行くんだ守谷」「俺達とお話ししようぜ」「心配するな。悪いようにはしない」

じわじわと俺に詰め寄ってくる奴の言葉なんか信用出来るか！

「廉。飯買いに行かないか？」

空気を読まずに誘ってくる卓也が神様のように見えた。

地獄に垂らされた蜘蛛《くも》の糸のように僅《わず》かな希望。

「こいつ、弁当持ってるぞ」

「そうなのか。じゃあ、一人で行くか」

しかし、まだ摑んですらいない蜘蛛の糸は切れる。

あの物語でも、もう少し昇ってから切れたぞ。

「さぁ、観念するんだな」

万事休すと思われたが、近くで扉が開く音が聞こえる。

「えーと、守谷廉君いますか？」

他クラスとの交流など皆無な俺の名前が呼ばれた。

声の主《ぬし》はまさかの雫だった。

俺を囲んでいたクラスメイトも目を丸くして驚く。

「あの、守谷に何か？」

代表で一人が聞くとにっこり笑って答える。

「昨日松本先生が忘れたお弁当箱をあ——会長が拾ったみたいで。それを守谷君に渡したらしいんだけど、まだ先生受け取ってないらしくて。手が離せないから代わりに取ってきてほしいって頼まれたの」

あ、そうだったんだ。でも綾先輩そんなこと言ってなかったんだけど。おっちょこちょいですね、綾先輩。

あとこの弁当箱中身が詰まってるし。先生全然食べてないじゃないですか。

「そうだったんですか」

みんなが目配せで合図を送り、俺を解放する。

中等部から一緒の奴はまだしも、何で入試グループの奴もそんなに連携取れるんだ。

「ついでにあなたのことも呼んでたわよ、守谷君」

「ついで、ですか」

まぁ、それも俺を助けるための先生の配慮なのだろう。

ここはおとなしく雫に合わせるのが吉か。

「分かりました」

人垣をかき分け、雫の開けた扉から廊下に出る。

雫と共に廊下を歩き、角を曲がってから俺は大きく息を一回吐く。

「助かった〜」

気の抜けた声が出てしまったが、それぐらい俺は生きてる心地がしなかったのを分かってほしい。

「大丈夫？　随分《ずいぶん》と詰め寄られてたわね」

「大丈夫、ありがとう」

俺は苦笑しながらそう答えた。

「松本先生が呼んでるんだっけ。どこにいる？　この弁当箱渡さないと」

「あぁ、あれは全部嘘。あなたを助けるために」

え、じゃあこの人は教室に入った瞬間にあんなスラスラと嘘を並べてたの？

「なんで俺を？」

「頼まれたのよ、お姉ちゃんに。なるべく助けてやってくれって」

雫はスマホを取り出し、何やらメッセージを書き込んでいるようだ。

一通り書き終えたのかスマホをしまい、また歩き出す。

「行こっか」

「どこに？」

俺はその後を追う。

「お姉ちゃんの所。別々の場所にいるのを見られたら言い訳しづらいでしょ？」

「確かに。でも、先生のいる場所知らないんだけど」

その時、スマホのバイブ音がかすかに聞こえる。

ポケットのスマホに手を当てるが、振動はしていない。ということは雫のスマホからだ。

「大丈夫。場所は今分かったから」

そう言って画面を俺に見せる。

送り主に「お姉ちゃん」とあり、今から俺と一緒に生徒指導室に来るようにと書かれていた。

どうやらさっき打っていたのは姉である松本先生へのメールらしい。

でなければ、現状を知らない松本先生がこのタイミングで都合よくは送れないだろう。抜け目のない人だ。

「ということで、あなたには生徒指導室まで来てもらうけどいいわよね」

首を縦に振る前提での聞き方。

とは言っても、この誘いに乗らずにこの昼休みを無事に過ごすことなど出来ないだろう。

「俺には選ぶ余地なんてないよ」

俺の言葉を聞いて微笑んだ雫は俺を連れて生徒指導室に向かう。

途中、すれ違う生徒達は思わず雫に目を向けていた。

さすが生徒会メンバーというべきか。綾先輩ほどではないにしろ、人の目を引きつける人物であることが分かる。

対して俺に向けられるのは好奇の目ばかり。

「やっぱ雫も人気なんだ」

「綾ちゃんほどではないけど、悪い気はしない」

後ろ姿はとても堂々としている。やはりそれだけの度量がなければ務まらないのだろう。

あの時の誘いを断っといてよかった。こんな視線が常に向けられていては胃がボロボロになりそうだ。

そうこうしていると、生徒指導室の前まで来た。

一般の生徒がこんな短期間に何度もここに来ることなどそうそうないはずなのだが。

「お姉ちゃん、いる？」

扉をノックしてから声をかける雫。

中から「いるぞー」と松本先生の声が聞こえ、遠慮なく扉を開けた。

「おぉ、守谷。無事だったか？」

からかうように笑った松本先生は目の前のカップ麺を啜る。

「お姉ちゃん！　またそんなの食べて。栄養偏《かたよ》るよ」

「近年のカップ麺が美味すぎるのが悪い」

悪びれた様子もなく、食事を続ける松本先生に呆《あき》れながら対面に座る雫。

俺を見て、隣の椅子をポンポンと叩く。

「あなたも座ったら？　積もる話もあるだろうし」

素直にその椅子に座る。そして、綾先輩手作りの弁当箱を机の上に置く。

「もしかしてだが、綾の手作りか？」

「察しがいいですね。その通りです」

「えぇ!?　また綾ちゃんが作ったの!?」

どうやら雫は何も知らないようだ。

「事情知ってて、わざと弁当の話題に触れたんじゃゃ」

「綾ちゃん関係でまた絡まれてるとは思ったわよ。それで助けようと思って、たまたまお弁当を持ってたからあんなこと言っただけなんだけど。まさか二日続けてとは」

　この人機転が利《き》きすぎじゃないかな。

「なんで綾がまたお前に？」

「お礼じゃない？　綾ちゃんたまに少し大げさに捉《とら》えることあるし」

「個人的にはお昼代が浮くんでいいんですが」

　俺は弁当箱の蓋を開けてすぐに閉めた。

　昨日から色々周りに騒がれたせいで疲れているのだろうか。

　ご飯の上にピンク色の何かが乗っていた。いやここでの問題は、何が乗っているのではなく、どんな配置なのかだ。

「……廉、今お弁当に」

「気のせいです」

「守谷、蓋を開けろ」

「嫌です」

　松本先生に凄まれても俺は意志を曲げない。どんなことをされようとも俺は蓋を開けないぞ！

「数学の評価最低にするぞ」

「はい」

権力には勝てないよ。というか職権濫用《らんよう》だよねこれ。

俺は蓋をゆっくりと開ける。

ご飯の上に桜でんぶが乗っている。しかしさっきも言ったが、問題なのはその配置だ。

……なぜ、ハート型なんだ。

「こ、これってどういうこと？」

雫さん。俺に聞かれても分かるわけないでしょ。

「あ、あはは。綾先輩も可愛い所あるんですね」

二段目を開ける。

なんでおかずが全てハートに再構築されてるんだ。

ウィンナーをはじめ、ご丁寧《ていねい》にサラダのキュウリまでハート型に切り取られている。

「ほ、本当に綾ちゃんが作ったの？」

「本人の手から渡されました」

「守谷。目が死にかかってるぞ」

「目が死ぬくらいいいじゃないですか」

これが教室で開けられてたら物理的に死んでたんだから。

「そ、それにしても。綾ちゃん急にどうしたんだろう。こんなお弁当作って。お姉ちゃんは何か知らないの？」

「い、いや！　皆目見当もつかないな」

明らかに知っているようなそぶりを見せた松本先生はカップ麺を口に含んで誤魔化す。

「さすがにこれ以上はお礼の度を超えるんで、今日の帰りに伝えますよ。あ、美味しい」

昨日と引けを取らないくらいの出来の弁当に舌鼓《したつづみ》を打っていると、

「……どうにかして守谷を——」

松本先生の口からボソッと何か不吉なことが聞こえた気がしたが気のせいだろう。

「……最悪、拉致《らち》るか？」

うん、ごめん。さすがにこれは聞き逃せないな。

「今拉致って言いませんでしたか⁉」

「ら、拉致⁉」

「うぇ⁉　い、いい言ってないぞ！」

確かに言ったはず。

いや待てよ。小さかったから聞き間違えた可能性も……でもこの動揺は。うーん。

「ほら！　時間もないことだし、早く食べな！」

言うほど時間が迫っているわけではないが余裕があるとも言い難い。今すぐに言及することもないか。

しっかりと弁当を味わい、全てを平らげ、食材と綾先輩に感謝を込めて手を合わせた。

その後の授業も視線が痛かったが、弁当の件は誤解ということで処理をされ、最初よりかは幾分マシだった。

しかし、あの弁当の中身のインパクトが頭から離れない俺が授業を一から十まで集中して聞けるわけもなく（いつも集中しているとは言っていない）、モヤモヤしたまま最後の授業は終わっていた。

「廉、一緒に帰らないか？」

振り返って後ろの俺に話しかける卓也。

「お前部活じゃないのか？」

「あぁ、部活ね……今日は行かない」

卓也の悟った目を見た俺はそれ以上深く聞くことは出来なかった。

こいつもこいつで苦労してるんだな。

だが、俺もこの後は綾先輩の所に行かなければならない。

「悪い。ちょっと用事で学校にまだ残るんだよ」

「そっか。ならしょうがない。じゃあな」

納得した卓也は立ち上がって俺に手を振る。

俺も振り返して卓也が教室を出るのを見送り、部活が始まった時間に教室を出た。

もちろん周りに注意を払い、念の為生徒会室に向かっていることを悟らせないように遠回りをする。

やはり部活の時間ともあって廊下に人通りは少ない。

吹奏楽部や料理部などの屋内で行う部活もほとんどは実習棟《とう》。つまり、別の校舎で活動をしている。

この時間にいるのは教室でダベる生徒ぐらいだ。

階段を上がり、壁沿いに曲がる。

「ん？」

曲がり角でたまたまいた綾先輩とバッチリ目が合った。

「綾先輩⁉」

まさかここで会うとは思ってもおらず、驚きすぎてよろめいた俺は尻餅《しりもち》をつく。

「廉君大丈夫か⁉」

心配して俺の肩に手を添える綾先輩。

すぐさま俺は周りを見渡す。

よかった。誰もいない。

「大丈夫です」

尻についた埃《ほこり》やゴミを手で払い立ち上がった。

「それで、なぜ君がこんな時間に？　部活はしていないはずだろ」

今の発言に違和感があったような。

「そのー、綾先輩と二人で話がしたくて。出来ればどこかの教室とかで」

こんな所で話しているのを通りかかった生徒に見られたらたまったものじゃない。

「そ、そうか！　なら生徒指導室だな！」

俺の手を引っ張り、生徒指導室に連れていかれる。

というか、何か話をするなら生徒指導室みたいなのやめましょうよ。傍《はた》から見たら俺が素行の悪い生徒みたいじゃないですか。

そんな俺の気持ちなど知らない綾先輩は歩き続ける。

「よし、着いたぞ。入れ」

三度目の生徒指導室。

大きくため息を吐いてから中へと入り、その後綾先輩が入室。

「綾先輩、話なんですけど」

ガチャンと音を立てて鍵がかけられた。

「なんで鍵を？」

「念の為だ」

確かに人が入ってこられても困る。

しかし、いざ話そうと思うと緊張するもので、相手から視線を逸《そ》らしてしまう。

「それで話というのはあの、弁当のことで。お礼にしても、さすがにこれ以上は申し訳ないので、もう作らなくても――って何しとるんですか⁉」

一瞬視線を綾先輩に戻すとなぜかシャツ一枚の姿。そして、そのシャツのボタンも何個かすでに外され、赤色のブラに包まれた胸元がバッチリと見えていた。

「なんだ？　もしかして脱がしたいのか？」

「違います！」

「そうか。君は着たままの方がいいのだな。気付いてやれなくてすまない」

「そんな気遣《きづか》いもいらないですし、そういう意味じゃない！」

綾先輩の奇行に声を荒らげる。

一体何がどうなってるんだよ。

「俺はただ話がしたく――」

綾先輩の人差し指が突然唇に触れ、咄嗟に口を噤《つぐ》む。

「言わなくても分かってる」

あ、これは分かっていない人の言い方だ。

「わざわざ私と二人っきりになりたかったんだ。しかもこんな場所で」

二人っきりとは言いましたけど、ここに連れてきたのはあなたです。

「私も実は……き、君のことがあの一件以来、頭から離れないんだ」

何の話をしているのだろう。

「こんな気持ち、経験がなくてな。最初は戸惑ったが今なら分かる」

唇に触れていた人差し指は首筋を通って俺の背後に回される。

そして、もう一方の腕も俺の背中に回った。

……ハグだこれ！

「君を好きになってしまったらしい」

強く抱きしめられ、綾先輩の膨《ふく》らんだ胸が俺の胸板でむにゅっと押しつぶされ、もう少し前に出せばキスをしてしまうほど近くに綾先輩の顔が。

「ちょっと待ってください！　綾先輩、これは何かのいたずらですか？　さすがに悪質過ぎます」

こんなことありえない。しかし、綾先輩は右手で俺の顎をクイッと上げる。

「この気持ちは本物だ。このままキスをすれば証明になるだろ」

少しずつ俺の顔に近づく。

やばいやばいやばいやばい。これは何かの勘違いだ。

「綾先輩！　誤解！　それは誤解なんですよ！」

「キスを五回したいなんて……君は謙虚だな」

この人何回する気だよ⁉　って、そんな場合じゃねえ！

とりあえず今は先延ばしして打開策を。

「一旦《いったん》待ってください！　そもそも俺のこと全然知らないじゃないですか。まずは俺のことを知ってから――」

「一年三組、守谷廉。出席番号は16番。身長百六十五センチ。体重五十七キロ。血液型はO。誕生日は九月二十一日の乙女座。得意科目は理科で、特に物理が得意。苦手科目は英語。父と母、そして妹の四人家族だが、現在はこの学校に通うために一人暮らしをしている」

あ、さっきの違和感が何か分かった。言った覚えのない情報をなぜか知ってるんだ。

「私は十分知っていると思うんだ。だから、な。いいだろ？」

いいわけないです。

「待ってください！　こんなのおかしいですよ！」

「いいじゃないか。最近は試しに付き合うことなんてざらにあるんだろ？　だから私達も試しに子供を作ってみてからどうするか考えればいい」

「試しなのに、責任とるの確定じゃないですか！」

「安心してくれ。たとえ試しで産んでも、私は無尽《むじん》の愛を注ごう」

だめだこの人。天才なのに頭のネジが飛んでる。

「さぁ、誓いのキスを」

試しって言ってたのに、この人誓いって言ったよ。

誰か助けて何でもするから！

救いの神はいないのかと思った。しかし後数センチの所で扉を開けようとする音が聞こえる。

「あれ？　確か鍵開けていたのにな」

聞き慣れた声の後にガチャンと音を立てて解錠され、扉が開く。

「まったく、誰が鍵を閉め――」

松本先生は俺達二人の姿に目を皿にする。

無理もない。半裸の従妹《いとこ》と、必死に目で助けを訴える生徒が抱き合っていれば誰だってそうなる。

だけど俺は先生の気持ちなど汲《く》んでいる余裕なんてない。

「せ、先生！　なんとかしてください」

「……お邪魔しましたー」

おい！　完全に不純異性交遊が繰り広げられているだろ。止めろよ！

こうなったら俺の命を犠牲覚悟で。

「待てよ年増教師！」

閉まりかけた扉がゆっくりと開く。

そして目にも留《と》まらぬ速さで俺は綾先輩から解放されたが、今度は松本先生のアイアンクローが俺の頭をガッチリとホールドしていた。

「守谷。今なんて言った？」

「すいませんすいませんでも仕方なかったんですだって先生がたすけてくれなあああぁぁぁぁぁぁ！」

頭がミシミシと音を立て、激痛が走る。

いくら助けてほしいからって、先生の悪口を言うのはやめようとこの時思った。

「まぁ、確かに今回は私が現実逃避をしようとしたのがいけないな。すまん」

すまないと思ってるなら放しましょうよ。

早くしないと俺の頭が変形して戻らなくなっちゃう。

「先生。は、なして」

痛みに耐えて並べた言葉でようやく先生が俺の頭から手を放してくれた。

もう少し遅かったら何か出てた。断言出来る。

「とりあえず綾は服を着ろ。話はそれからだ」

おとなしく綾先輩は服を着る。俺はこめかみをさする。

「さて、二人は何をしてた？」

「愛を育《はぐく》もうとしてた。目的を果たせなかったことに後悔しかない」

後悔しないでください。

「綾。お前が守谷のことを好きだとは気づいていたが、まさかここまでとはな。不純異性交遊だぞ」

「ここの校則に不純異性交遊についてのことは記述されていない。そもそも私のは純粋に廉君が好きなのだから不純ではない」

「……確かに」

「確かにじゃないでしょ。俺襲われかけたんですよ」

「男はむしろ襲われて喜ぶんだろ？」

何言ってるだこいつみたいな顔をしている松本先生。

むしろその顔をしたいのは俺なんですが。

「真面目《まじめ》な話。守谷はどうなんだ？」

「どうって、何がですか？」

俺はさも話の流れが分かっていないようにそう返した。

「綾のことをどう思ってるんだ。身内目線を無視しても優良物件だ」

松本先生は綾先輩の後ろに回り込むと、その体に触れるか触れないかの距離で手を這《は》わせる。

「見ろこの大きく実った果実。花瓶を思わせるようにすらっとしたくびれと、子を宿すために作られたような大きな桃。これのどこに不満があるんだ！」

「何で、ちょっとエロティックな小説風味なんですか」

読んだことないけど。

「……Dカップ以上あるおっぱいに、引き締まった体。おまけに安産型の尻。こんなエロい体のどこが不満なんだ！」

「言い方の問題じゃねえ！　そもそもあんた教師だろ！」

もしかして綾先輩の身内はみんな頭のネジを一本飛ばしてるのか？　そう思うと俺は自然とため息を吐いた。

「申し訳ないですけど、俺は女性を好きになることが出来ないんです」

「え……すまん守谷。隠し通そうとしてたことなのに。そうだよな、愛は人それぞれだもんな」

絶対何か勘違いが起こってる。

「勘違いしないでください。俺中学の時、初めて告白したんです。でもその時中二病まで発症してて、黒歴史を超えてトラウマレベルの告白したんですよ。案《あん》の定《じょう》振られて、それ以来女性を好きになることが出来ないんです。まぁ、完全に自業自得《じごうじとく》なんですけどね」

俺は過去の苦い経験を話す。二人は黙って聞いている。

「だから、綾先輩のことは何とも思っていません」

俺の答えに対して何も言わない二人。しばらく沈黙が周りを包む。

「……そうか。仕方ないな」

ようやく綾先輩は諦めて――

「何とかして君に好きになってもらわないとな！」

いない!?

「え、話聞いてました？」

「聞いてたぞ。だからどうした？　私が好きになっちゃいけない理由になっていない」

確かにその通りなんですけど、なんか違う。

「松本先生。いや杏花姉さん。これから協力を頼む」

「任《まか》せろ。かわいい従妹のためだ」

あれー？　普通ここって引き下がるんじゃないの？　なんでサムズアップしてるの？

「むっ、もうこんな時間か。生徒会室に戻らねば」

颯爽《さっそう》と優雅に扉を開く。

「廉君また明日」

そう言って生徒会室に戻っていった。

あえて言おう。どうしてこうなった。

「よかったな守谷。美少女にあんなにも入れ込まれて」

「何でこんなことに。というか松本先生は何でそんな協力的なんですか!?」

「前に言っただろ？　青春を謳歌してもらいたいって」

言いましたけど、俺を巻き込まないでくれ。

「俺じゃなくても他にいるでしょ。ほら、サッカー部のエースとか。あの人イケメンだし」

「あぁ、先週で通算三十二回綾に振られたあいつか。望みあると思うか？」

すいません。そこまで振られた時点で望み皆無です。というかその先輩どんだけタフなんだ。

「じゃあ、柔道部の主将はどうですか。あの人男らしくて強いですよ」

「ああ、綾の次にな」

主将の心折れてないですよね？

「じゃあ、野球部のキャプテン！」

「あいつは男の尻にしか興味ないぞ？　……あ、やべ。これ内緒だった」

……そういえば同じクラスの野球部員が自分の尻をさすっていたような。

深くは考えちゃダメだ。とりあえずこれからは野球部に近づかないでおこう。

「じ、じゃあ……卓也」

「お前友達売るなよ。そもそもあいつは紙しか愛せないだろ」

紙だけじゃないですー。画面もですー。声優はギリギリアウトらしいですー。

「私が思うに、綾は一人に愛を注ぐタイプだ。たとえ抜け殻《がら》になってようともな」

え、死んでも愛されるの？

「諦めるんだな。お前があいつの心を盗んだのが悪い」

「どこぞの三世代目の怪盗じゃないんで、すぐにお返ししますよ」

「クーリングオフはないから無理だな」

盗んだ覚えのないものが手元にあって、しかも捨てられないってただの呪いの品じゃないですか。

「と、茶番はここまでだ」

本気だったんだけどと思っている俺をよそに松本先生も生徒指導室から離れようとする。

「早くお前も出ろ。鍵が閉められん」

強めの口調で指示する松本先生。

先生の従妹のせいで疲れ切っている俺への労《いたわ》りがないことに涙が出そうだ。

その後、先生とはすぐに別れ、俺は家に帰って食事もとらずに眠りについた。

布団だけが俺に安らぎを与えてくれたことに気づくと俺は涙をまた流す。


この日を境に綾先輩は執拗《しつよう》に俺と関わろうと近づいてきた。

次の日。登校している途中で。

「やぁ、廉君」

また次の日。昨日よりも早い登校時間で。

「奇遇だな。一緒に学校に行かないか？」

またまた次の日。適当に歩いていると。

「廉君」

次の日、次の日、次の日……。

毎日俺の行く先々で綾先輩とばったり出会うようになった。

え、土日は学校が休みなんだから外に出ることなんてあまりない？　毎日は言い過ぎだって？

土日は買い物とかバイトに行くだろ。つまりそういうことだよ。

背後から付きまとわれたり、いつの間にか鞄の中に弁当が入っていたりするのは当たり前。

いつこれらがグレードアップするのかヒヤヒヤしている。

一応気遣ってか、迷惑な噂が出ないように立ち回っているようだ。

が、朝一緒に登校するだけで俺へのヘイトが溜まっていることに綾先輩は気がついていない様子なのでタチが悪い。

「おーい、大丈夫かー」

机に突っ伏した俺に、ふざけ半分なのか間延びした聞き方をする卓也。

まだ四時限目が終わったばかりだというのに一日の疲労に匹敵するほど重たくなった体をゆ

っくりと起こす。

「大丈夫じゃない」

「そうか。ならいい知らせがあるぞ」

いい知らせ？　どうせアニメ関係だろう。しかし、どんなことでも気が紛《まぎ》れるならなんだっていい。

「全校生徒憧れの生徒会長がさっき呼んでたぞ。よかったな」

ああ、俺の疲労はまだ募《つの》るのか。

「一体いつ来たんだ」

「さっきだ。目立つと廉に悪いからってこっそり俺にな」

俺に伝えるための人選を見る限り、友人関係まで把握しているようだ。

「どこに来てほしいって？」

「生徒会室」

敵の庭か。一人で行くには少々不用心だな。ここはオトモ。もとい卓也を連れていこう。適当に理由を言えばついてきてくれるはずだ。

「卓也も一緒に来てくれないか？　生徒会室に一人は少しきつい」

よし、友人を大事にする卓也ならこれでついてきてくれるはずだ……と思っていたが、卓也は申し訳なさそうにしている。まさか……

「あー、悪い。さすがに行けない。会長さんが浮かない顔で廉と二人で話したいって言ってたから、部外者の俺が行くのは忍びない」

しまった。先手を打たれていた。

卓也の性格と俺の行動を先読みしてわざと暗い表情をしたに違いない。

「わ、わかった」

俺は渋々生徒会室に向かう。

もしかしたら本当に何か重要な話が？　とも思ったが生徒会室の前まで来てみると、中から上機嫌な綾先輩の鼻歌が聞こえてきたためそんな考えは消し飛んだ。

ここはやはり静かに扉から離れるべきだ。綾先輩の鼻歌以外が聞こえないということは十中八九、中には綾先輩一人。何をされるか分からない。

大丈夫。これは逃げではない。戦略的撤退《てったい》だ。

そう、ゆっくりと音を立てずに方向転換して――

「むっ、廉君の気配！」

「え？」

思わず口から声が漏《も》れてしまった。

急いで戦略的撤退を実行しようとするが、それよりも先に生徒会室の扉が豪快に開かれ、ニュッと出てきた腕が俺の首根っこを捕らえる。

「やっぱり廉君だ。来ているなら遠慮せず入ればいいではないか」

だから遠慮せず去ろうとしたんですけど。

エスケ――戦略的撤退には失敗したが、中に入らなければどうってことない。

「あ、綾先輩。話があるって聞いたんですけど」

「まぁまぁ。まずは入りたまえ」

いや、そこあなたのテリトリーじゃないですか。

さすがに狩人《かりゆうど》がいると分かってるのに入りたいとは思わないんですけど。

「こ、ここで大丈夫です」

「人に聞かれたくないんだ」

もう入るしかないらしく、俺は警戒して入室した。

案の定他のメンバーがいない。

「それで話は」

「まぁまぁ。座りたまえ」

来客用のソファに俺を座らせる。

「それで、話――」

「まぁまぁ。これでも食べたまえ」

目の前の机に重箱を置かれ、広げられる。明らかに一人で食べる量ではたない。

「いや、話を──」

「まぁまぁ。アーンしたまえ」

「『まぁまぁ』って言ってれば全部が全部通ると思わないでください！」

箸で摘んだ卵焼きを俺の口元に運ぶ。

「話があるんじゃないんですか？」

「ないが」

この人とうとう建前を捨てたよ。

「なら、俺は戻ります」

立ち上がろうとした。しかし遮《さえぎ》るように綾先輩が声を発した。

「せっかく作ったのに」

俺の体は固まる。

「ただ、廉君と一緒にご飯が食べたい一心で朝早く起きてこしらえたのに。残念だ。これ、一人ではいささか量が多いな」

呟いているが明らかに俺に聞かせるように言っている。

こんなことで、俺の決心がゆら、揺らいで、なん、か。

「あーもう。わかりました！　食べますよ」

諦めて重箱と向かい合う。さっさと食べ終えてしまおうと箸を探すがどこにもない。

「箸はどこですか？」

「あーん」

「いや、箸を――」

「あーん」

くっそ。この人いい笑顔で箸を突きつけてくる。それが答えですか。

俺は箸の先端にある卵焼きを頬張る。

「どうだ？」

「おいしいです」

素直に感想を言った。本当においしいのだからしょうがない。

「そうか。なら私もいただこう」

同じ箸でハンバーグを取って口に含む。

ですよねー。箸が一膳しかないんですもの。そうなりますよねー。

……あの、ちょっと。箸ねぶり過ぎじゃありませんか？

「綾先輩？」

俺の声でようやく箸を口から離す。一瞬だけ透明な糸を引いた箸で別のおかずを摑む。そして、

「はい、あーん」

まさかのあーんを続行。

別に潔癖症ではない。ペットボトルの回し飲みも気にならない。でも、これは潔癖症云々《うんぬん》の話ではないでしょ。

これ以上思い通りにさせないようになるべく箸が口に触れないようにおかずを咥《くわ》えようと試みる。

が、綾先輩は口をつけたと同時に箸を突っ込んできた。

いきなり口に物が入ったんだ。当然むせる。

「ちょ、綾先輩。んぐっ！」

「す、すまない！」

綾先輩は持参の水筒を取り出し、生徒会室に常備している紙コップにお茶を注ぐ。

俺はそれを受け取り一気にあおった。

苦しかったがこれは絶好のチャンス。

「はぁ。やっぱり、二人で一つの箸を使い回すのは少し無茶ですよ。俺は手でいいですから」

今なら多少罪悪感があるだろう。このタイミングでこの提案。完璧だ。

「だが、さすがに手では少し行儀も悪いだろ。それに、衛生的な問題もあるしな」

飽くまで引き下がろうとはしない。

しかし、さっきのこともあり、強く出ることが出来ないといったところだろう。

ならここはさらに押す。

「でも、さっきみたいにタイミング間違って箸を突っ込まれるのは」

「確かに」

よし！　いける！　このまま押し切れば。

俺は勝ちを確信した。しかし、困惑《こんわく》していた綾先輩の口元が僅かに吊り上がったのを見逃さなかった。

「いい方法がある。これなら箸が一つあれば二人同時に食べることが出来る」

「いや、同時は無理ですよ。やっぱりここは俺が手摑みで」

右手をおかずに伸ばすと綾先輩はその手を摑んで止める。

「なら、実践《じっせん》してやろう」

箸でソーセージを一本摘《つま》み、口に咥えた。

交互に使うのかと思いきや、嚙むそぶりもしないでただ咥えたまま俺の両肩を摑む。

それはもうがっちりと……がっちり摑まれて動けないんですけど。

「あの、綾先輩？」

「ほのははへれはふはりへはへられる《このままたべればふたりでたべられる》」

やばい。この人の目、空腹の動物が目の前の獲物《えもの》を狩る時の目と同じだ。

「綾先輩！　ストップ！」

グイグイ近づけられる顔を避けるため、俺は頭を後ろに反らすが、止まらない綾先輩。結果俺に覆《おお》いかぶさり、押し倒したような構図が出来上がっていた。

もうなりふり構っていられない俺は助けを呼ぶ。

「誰か――」

だが口を開いた瞬間ソーセージを突っ込まれ、目と鼻の先には綾先輩の大きな瞳が迫っていた。

咄嗟に口を閉じたためまだ唇は触れていない。しかし、ソーセージの長さでは心許《こころもと》なかった。

声を出せばソーセージではなく今度はマウストゥマウスで塞《ふさ》がれる。かといってこのままでは……。

俺が思考を巡らせている最中、綾先輩の口元が少し動いた。

少しずつ……少しずつ……ソーセージを食べていく。あえて一気に食べずに、焦《じ》らすように過程を楽しんでいた。

このままでは本当にキ、キスをしてしまう！

押し退《の》けようにも腕の届く範囲内で触れるのは胸元より下。緊急事態でも触るのは躊躇《ためら》いがある。

そもそも俺が力で綾先輩に勝てる自信もない。情けないことに。

そんなこんなと考えているうちに気がつけばソーセージの長さは元々の半分近くになっていた。

もう待ちきれないのか綾先輩の頬は上気し、瞳は潤《うる》んでいる。息遣いも荒い。

いいよな、いいよな！　と強く訴える瞳が俺の中の焦燥《しょうそう》感をより一層煽《あお》り立てる。

頼む！　誰か！

「はぁ、生徒会室に筆箱を忘れるなんて、最あ――」

自分の失態に小言を零《こぼ》しながら目の前にいる俺と綾先輩の姿に硬直する雫。

しかし、綾先輩は一瞥《いちべつ》しただけでまたソーセージをかじる。

「って、何やってるの⁉」

俺と綾先輩の間に割って入った雫のおかげで、ソーセージが口から離れた。

「廉、大丈夫⁉」

心配して俺を揺らす雫。

綾先輩の従妹で、しかも松本先生の妹だから頭のネジが数本外れていると思ったけど、違った。

雫はただの女神様だった。

「綾ちゃん！　これはどういうことなの⁉」

咥えていたソーセージを指で押して口に含む綾先輩。

「いや、箸がないから仕方なくこんなことになってしまって。そしたら思いのほか気分が高揚《こうよう》してしまってな」

予想外の返答だったらしく、雫はポカーンと口を開けている。

無理もないよな。

「綾ちゃん、廉が好きなの？」

「そうだが？」

即答された。

普通の男ならここで素直に喜ぶか、ドキドキするか、照れて顔を赤くするかなのだろうけれど、素直に怖いし、別の意味でドキドキするし、顔は青くすることなら出来る。

だってあの後だぞ。仕方ないでしょ。

「なんでこんなこと」

「押してダメなら押し倒そうと思った」

引きましょうよ。さらに押すって、それただの強行突破。

「好きだからってそんなことしちゃダメ！　廉、あなたはもう教室に戻りなさい。ちょっと綾ちゃんと話をするから」

言われるまでもなく俺もここから早く出ていきたかった。

縦に何度も首を振り、すぐに生徒会室を出る。

雫と綾先輩がその後何の話をしたのか分からないが、教室に着いた俺は疲労感から机に突っ伏し、昼休みが終わって次の授業の先生に起こされるまで夢の中にいた。


ようやく一日の授業が終わった。

すぐ帰ろう。今帰ろう。真っ直ぐ帰ろう。

「守谷。この後生徒会室に来い」

帰ったら何をするかな。

「聞こえないのか守谷。この後生徒会室まで来い」

最近晩飯がインスタント続きだったから料理でもしようかな。その方が安上がりだし。

「どこに行くの守谷君？」

扉開けたら雫とこんにちは。

「あ、しず——松本さん。昼はありがとう。今度お礼させて。じゃあ、俺は帰るから」

脇を通り抜けようとしたが、雫は進路を塞《ふさ》ぐように体を横移動させる。

「松本先生が呼んでるよ？」

「そうなんだー。俺イヤホンしてたから気づかなかったよー」

「ほう、イヤホンをつけてるようには見えないのだがな」

雫の笑顔といつの間にか背後にいる松本先生の声が怖い。さすがに言い訳が苦しすぎたか。

「いや、そのー……あ、用事があるのを思い出したので」

「行くよ守谷君」

「ぼさっとするな」

用事があると言ったのに、二人で両腕を摑み、そのまま俺を生徒会室に拉致していく。

当然だがその光景を周りに見られるわけで……。

「は、恥ずかしいから放してほしいです」

「ダメ（だ）。絶対逃げるでしょ（だろ）」

信用ならないのもわかるけど、さすがにこれはキツイ。

ようやく生徒会室に着くや否や扉を開ける。

中には生徒会メンバーが勢揃いしていた。

これから俺の身に何が起こるのだろうか。

「廉君！　どうして君がここに⁉」

俺の登場に興奮した綾先輩が一目散《いちもくさん》に両腕を広げてこちらに向かってくる。

しかし、雫がすかさず間に入ったことで綾先輩は少しだけ不機嫌になったものの両腕を下ろして進行をやめてくれた。

「あのー、杏花さん？　私達に話とはなんでしょうか」

「うん……早急《さっきゅう》に」

なぜ集められたのか分かっていない様子の副会長の南條先輩と書記の小野寺先輩。

かくいう俺もなぜ連れてこられたのか分かっていない。ただ、嫌な予感だけはしている。

「話というのは……」

松本先生はビシッと真っ直ぐ俺に向かって指を突きつけた。

「こいつを生徒会の庶務にする。みんな仲良くしろよ」


…………は？


「はあ⁉」

了承なく決められたことに思わず声が出た。

「ふーん……」

「あらあら」

「本当か⁉」

俺ほどではないが驚いている生徒会のメンバー（ただし、綾先輩のみ満面の笑み）。

雫はこのことを知っていたのか、表情一つ変えない。

「待ってくださいよ」

「なんだ、言いたいことでもあるのか？」

あるに決まってるでしょうが。

「前にも言いましたけど、俺は入るつもりはありませんよ」

これで三度目の断りだが、いい加減に諦めてほしい。そもそも人よりも優れた所もないのに。

「廉。落ち着いて」

まさか雫が俺を勧誘する側に回るとは思っていなかった。

「これは廉のためでもあるの」

「俺の？」

生徒会に入ったからって、俺に何の恩恵があるというのか。

「綾ちゃんは狂おしいほどあなたが好き。ここまではいい？」

いいえ、と言いたいところだが首を縦に振った。

「え、綾ちゃん、この子が好きなの？」

「やっぱり……」

副会長はどうやら知らなかったようだが、書記さんは気づいていたらしい。

「……綾ちゃん。これから廉に関わらないように出来る？」

「無理だ」

即答で断言された。

ここまでくれば雫が何を言いたいのか嫌でも分かる。

「つまり、廉がこのまま普通に生活をすれば間違いなくあなたの近くに綾ちゃんがいることになる。もちろん、周りに人がいる状況でもね」

そうなってしまえば俺はほとんどの生徒から注目され、安心して生活を送れなくなるだろう。

「そこで廉が生徒会に入ってくれれば――」

「生徒会役員っていう名目で他の生徒を納得させることが出来るし、綾先輩の行動が他人に見られる心配も減る」

雫は力強く頷く。

間違いなく現状よりかは過ごしやすいだろう。

雫と松本先生が、俺のためにここまで考えてくれたとは……って、感動しそうになったけど、

「そもそも綾先輩を何とかすればいいのでは？」

「私は応援派だし」

松本先生は頑《かたく》なにそう言う。

視線を雫に移すが、目をそらされてしまった。

「……出来てたらこんなこと提案しないよ」

ですよね。

念のため本人にも聞いておこう。

「綾先輩。俺を諦めるって選択は？」

「私に死ねというのか？」

予想を超えた恐ろしい回答に俺はそれ以上何も言えなかった。

「決まりだ。これからよろしく頼むぞ」

パンッと両手で叩いた松本先生は生徒会メンバーと共に一列に並ぶ。

「一応、生徒会顧問の松本杏花だ」

「会計の松本雫。これからよろしくね」

「書記……小野寺小毬」

「改めまして、副会長の南条姫華よ」

「そして私が」

凛とした姿勢をとる綾先輩は高らかに言う。

「君の彼女の東雲綾だ！」

「綾先輩は生徒会長でしょ！」

こうして庶務として、この生徒会の一員になった俺。

しばらく平穏な日は来ないだろうと思いながら俺は彼女達を見つめる。

……こうなっては仕方がない。

「一年の守谷廉です！　皆さんの力になれるよう頑張るので、これからよろしくおねがいします！」

　姿勢を正し、頭を下げた。

　自分が望んだことではないけど、生徒会に入ったからには職務はまっとうしよう。そう決心した。

「そんなに気張らなくてもいいわよ」

「というか、暑苦しい」

「守谷、お前に務まると思うなよ」

「仕方ないとはいえ、生徒会の一員なんだからしっかりしてよ」

　……決心した矢先だけど、すでに心が折れそうです。

「廉君どうした？　不安か？　籍入れようか？」

「結構です」

　俺は本当にこの生徒会でやっていけるのだろうか。

02 お嬢様で、優しい副会長は女王様（疑問）

カーテンの隙間《すきま》から漏《も》れる光で目が覚めた。

どうやら天気が良いようだ。しかし、俺の心は晴れるどころか曇っている。

急遽《きゅうきょ》生徒会役員の庶務に任命されたことがよほど精神的にこたえたらしい。

とはいえ、生徒会の役員を辞《や》めると綾《あや》先輩から猛烈なアタックを四六時中《しろくじちゅう》される。

どう転んでも俺の生活に支障をきたすのに変わりない。大きなため息を吐いてから時計の針を確認した。いつもより早いが朝食を済ませて登校するとしよう。

すぐに着替えて、買っておいたコンビニのアンパンを胃の中に収めてから自宅を出た。

「まぶし」

目の奥辺りが痛くなるほどの日差しに思わず腕で影を作る。

晴れていることは分かっていたけど、空を見上げれば雲一つない晴天だ。出来れば洗濯をして干していきたいが、時間がないため断念せざるを得ない。

「おはよう。廉《れん》君」

「おはようございます綾先輩」

一応念のために言っておくが、時間が経っていつの間にか学校に着いていたとかそういうのではない。

俺の登校ルートに綾先輩が待ち伏せていたんだ。

しばらく一緒に歩いたが、やはり指摘したい。

「なんでいるんですか」

「そこに廉君がいるから」

誤魔化《ごまか》す気はないですかそうですか。

「なるべく生徒会の活動以外の接触は控えてほしいんですけど」

これでは生徒会に入った意味がない。

「私はただ〝生徒会長〟として〝庶務〟の廉君と話しているだけだが」

そうきたかー。

いや帰ってから、あれ？　これもしかして生徒会の用件って名目で綾先輩が動くんじゃね？って思ったよ。

「そうですか」

「話は変わるが弁当をあげよう。今回も愛情込めて作ったぞ」

弁当はありがたいが、毎日だと悪い気がする。だからといって、断って前回のように俺の心を揺さぶるようなことをされても困る。

「はぁ……じゃあいただきます。でも、ここでは渡さないでくださいよ。周りに人がいるんで」

学校に近づくにつれて登校する生徒が増えてくる。さらに綾先輩がいることで視線が集まっていた。

今ここで渡されればまた前回のようなことになりかねない。

「安心してくれ。もう鞄に入れておいたから」

「はい!?」

俺はすぐさま鞄の中身を確認する。

……本当にあるよ。どのタイミングで入れられたのかまったく分からない。

「もう着いてしまったか。それでは廉君ここで一旦《いったん》お別れだ。放課後に生徒会で集まりがあるから忘れないように」

髪をなびかせ校門をくぐる綾先輩。

集まりが俺と綾先輩だけではないか確認するために後で雫《しずく》に聞いておこう。

閉じた鞄を肩にかけて俺も校門をくぐる。

「おっす廉」

昇降口で靴を履《は》き替えていると後ろからトンと肩を叩かれた。もちろん卓也《たくや》だ。

「おっす。昨日も嫁さんとデートしてたのか?」

「当たり前だ。本当に可愛くて。『寒いから手を繋《つな》いでるだけなんだからね！　勘違いしないで！』って、恥ずかしそうにしてる姿がたまらない」

何を言ってるんだこいつと思いますが、安心してください。嫁は二次元の住人です。

って、よく考えなくてもこいつの将来が心配だな。

「お前はいいよな。毎日楽しくて」

「そうか？　普通じゃないか？」

楽しみ方の内容は抜きにして、自分の普通で過ごすことが出来るのだから現状の俺より数十倍マシだ。

自然とため息が出る。

教室の前まで来た俺達。今までのこともありここを開けるのに少し躊躇《ちゆうちよ》してしまう。

俺の心情など知らない卓也が後ろから声をかける。

「入らないのか？」

「先に入ってくれない？」

と俺が言うと、不思議そうな顔で俺の代わりに扉を開ける。

卓也の後ろから覗《のぞ》くように顔を出す。

どうやらいつも通りの教室のようだ。

俺が胸を撫《な》で下ろしていると、松本《まつもと》先生が教室に入ってきた。

「もうそろそろ席に着け」

すぐさまクラスの皆が席に着く。俺も例外なく同じ行動をとった。

「よし、じゃあ早速だが守谷《もりや》。前に出てこい」

突然の名指し。よく分からずに俺は教卓の前まで行く。

「守谷が生徒会の庶務に就任した。これは生徒会長直々《じきじき》の指名だ。みんなも出来れば守谷を支えてくれ」

クラスがざわめきだす。

まさかこのタイミングで言うとは思っていなかった。

「ちょっと、どういうことなんですか」

「生徒会役員になったことはクラスに伝えなきゃいけないことだ。それに綾直々の推薦でなければ他の奴らは納得しないぞ」

俺は小声で松本先生に話すと、松本先生も聞こえないように返す。

確かにただ生徒会役員になっただけでは綾先輩を信奉している人々から何かしらの反発が起きる。しかし、綾先輩の推薦とあってはその人達も納得してくれる。

「はい、というわけでみんな拍手」

みんなから、「頑張って」「羨《うらや》ましい」など言われながら拍手を受けるこの状況。

はっきり言おう。すげぇ恥ずかしい！

「ほら、守谷。さっさと戻れ」

勝手に呼んでおいて、用が済めばお払い箱ですか。

未《いま》だに絶えない拍手を一杯に受けながら俺は机に伏した。

それから昼休みまで合間の休憩が入るたびにどうして生徒会に入ることになったのかと聞かれ、生徒会長に認められるなんて凄《すご》いと賞賛されたりしながら時間を潰《つぶ》される。

本当は、単に綾先輩の私情で半ば強引に入れられたと言ったらどんな表情をするか興味が湧いたが、間違いなく普通の学校生活にグッバイしなければいけないので、終始受け流していた。

「疲れたー」

主《おも》にみんなからの問いかけに。

「お疲れ様」

俺の立場を理解しているのか、卓也から労《ねぎら》いの言葉がかかる。

「凄いな生徒会の役員だなんて」

「凄いだろ。代わってやるよ」

切実に。

「いや、遠慮しとく」

「そうですか。よっと」

「どこ行くんだ？」

「飲み物買ってくる」

今朝冷蔵庫からお茶を出してくるのを忘れてしまい、喉《のど》が渇《かわ》いている。

財布を持って急いで購買へ駆けた。

購買にはすぐに着いたが、すでに人だかり出来ていてなかなか前に進めない。

「あら、廉君」

後ろから声をかけられ、振り向くと副会長が立っていた。

「副会長⁉」

「ふふっ、姫華《ひめか》でいいわよ」

このお嬢様というのか、お姫様というのか。醸《かも》し出される雰囲気で、思わず背筋を伸ばして対応してしまう。

「ひ、姫華先輩は購買に何か用事でも」

「あら、ここが購買なのね。人がいっぱいいるから何かなーと思って覗きに来てたの」

購買を利用したことがないのか。余計に二次元のお嬢様のようだ。

「ところで、廉君」

「はい。何でしょう」

ニコニコ笑う姫華先輩に俺は微笑み返す。

「……綾ちゃんからお弁当を受け取ったのに、何で購買にいるのかしら？」

伸びてた背筋にぞわりと冷たさが這《は》う。

笑ってるはずだよねこの人。とてもいい笑顔なのに、まったく目が笑っていないんですが。

「こ、これはその。の、飲み物がなくて買いに来ただけです！」

言い訳じみた言い方になってしまったが本当のことを伝える。

青色の瞳にじっと見つめられること数秒。目から冷たさが消えた。

「そうなの。ごめんなさい、勘違いしちゃって」

それを見て緊張していた体から力がすっと抜ける。

気が緩《ゆる》んだ俺を横目に、ほぼ戦場と化している購買に向かって歩く姫華先輩。

「ちょ、姫華先輩危ないです！」

我先にとパンを奪い合う群衆の恐ろしさなど知らない姫華先輩が迂闊《うかつ》に交ざればどうなるかなんて分かり切っている。

ケガをする前に止めなければと俺は手を伸ばす。

「すいませーん。お茶を買いたいのですが」

そう姫華先輩がお願いをした後の光景に俺は絶句した。

先ほどまで争うように群がっていた生徒達は騎士団のように整列し、代表者一人がビンテージ物のワインを扱うようにお茶のペットボトルを両手で持っている。

そして姫華先輩の前で片膝《かたひざ》をつき、頭《こうべ》を垂らしながらそれを献上《けんじょう》するのだ。

「ありがとうございます」

感謝の言葉を送り、それを売店のレジに置く。

おばちゃんも丁寧《ていねい》にお茶を受け取るとレジに金額を打ち出す。

それに対応して姫華先輩は懐《ふところ》に入れていたピンクの長財布を取り出し、そこから百五十円を置いた。

「どうぞ廉君」

くるりと回って俺にペットボトルを差し出す。

一瞬ファンタジーの世界にトリップしてしまったのではと考え込んでいた俺はハッとして、慌《あわ》てて財布を取り出そうとした。

「お金ならいいわよ。あなたは生徒会の後輩ですもの」

姫華先輩の優しさが身にしみる。

ありがたくこのお茶は貰《もら》っておこう。

「ありがとうございます」

「「「チッ」」」

姫華先輩の背後にまだ並んでいる騎士達から不穏な音が聞こえた気がするが、気のせいかな。

そうに違いない。そうであって。

「あ、そうそう」

何か思い出した姫華先輩は胸の前で小さく手を合わせる。

「今日の放課後、生徒会室に集まることは聞いてるかしら？」

「ええ、綾先輩から聞きました」

「よかった。出来れば授業が終わったらすぐに来てね」

「分かりました」

俺の返事を聞いた姫華先輩は手を振りながら購買を後にした。

よかった、綾先輩と二人きりではないんだな、と安堵《あんど》する。

俺もさっさと戻って弁当を食べることにしよう。

殺気が背中に突き刺さるのを感じながら俺は教室に戻った。


「礼」

学級委員の号令に続いてありがとうございましたと言いながら頭を下げる。

「守谷、この後は生徒会に来いよ」

松本先生から念押しをされ、すぐに生徒会室に向かった。

生徒会室の扉を開けるとすでに綾先輩と姫華先輩が待っている。

「今朝ぶりだな廉君」

スッと両手を広げて俺に近づいてくる綾先輩。俺は防衛本能で後ろへと下がった。

「なぜ後ろに下がる？」

「何で両手を広げてるんですか？」

「もちろんハグするためだが？」

「させると思ってるんですか？」

あからさまに大きくため息を吐いているが、何であなたがヤレヤレみたいな態度出来るんですか。

「廉君、君はおそらく勘違いをしている」

「勘違い？」

綾先輩が自分の欲望のままに行動をしているのは勘違いではないと思うんですけど。

「これは生徒会の挨拶《あいさつ》だ」

そう言って近くに立っていた姫華先輩をぎゅっと抱きしめる。

姫華先輩も受け入れて綾先輩を抱きしめた。

その動きに不自然さはなく、すぐに離れて俺の方に向き直る。

「グローバル化が進む中、私達も海外の文化を取り入れ、かつ親睦《しんぼく》が深まるようにと、こうしてハグをしているんだ。君が思っているような下心があるわけではない！」

綾先輩の言い分に俺は何も言えない。

てっきり綾先輩がしたいからなのかと思えば、蓋《ふた》を開ければちゃんとした理由があった。

欲望のままに動いていると思っていた自分が恥ずかしい。

「すいません。そんな理由とは知らずに」

「別に気にしなくていい。ただ、君は生徒会の一員だ。私と親睦を深めてくれないか？」

気恥ずかしさもあったが、俺は無言で頷《うなず》く。

「そうか。ありがとう」

綾先輩の手が俺の背中に回った。

隙間《すきま》がなくなるほど強く抱きしめられ、綾先輩の温くて柔っこい部分が押し潰《つぶ》される。

挨拶《あいさつ》とはいえ、これは恥ずかしい。

「遅くなってごめんなさい。先生にちょっと頼まれちゃ——って何やってるの⁉」

声からして雫だろうか。入ってすぐに大声を上げてどうしたのだろう。

「どうしたんだ雫？」

「え、どうしたって、え、え？」

混乱しているのが声からして分かる。しかし、どうしてそんなリアクションを。

「……何で、抱き合ってるの？」

後から来た小野寺《おのでら》先輩が不思議そうな声音で尋《たず》ねてきた。

それには俺もクエスチョンマークが浮かぶ。

「え、海外の文化を取り入れて挨拶はハグするんじゃ……」

「するわけないよ！」

「……親睦を深めるため」

「元々私達……生徒会に入る前から、知り合い……」

整理すると、このハグに何の意味はないと。

「あぁ……廉君の匂《にお》い。何ていい香りなんだ」

荒い息遣《いきづか》いが嫌でも聞こえてくる。そして息が吐かれるたびにそれが耳元にかかった。

「放してください！」

「ふふ、こんな至福の時を私が手離すわけないだろ！」

くっそ、嵌《は》められた！

少し自分の考えを改めようかと思った俺が馬鹿だったよ！

「綾ちゃん放しなさい！」

雫が割って入り、何とか解放された。

今度からは綾先輩の言葉をむやみやたらと真に受けないようにしよう。

「仲がいいのですね」

俺達のやり取りを姫華先輩がニコニコと笑って見物している。

というか、この人も協力していたよな。

「姫華先輩も協力してましたよね」

「……あらー」

小首を傾《かし》げ頰に手を添える姫華先輩。可愛らしいが、だからといって恨めしさが消えるわけではない。

「何だ、騒がしいぞ」

一番最後に松本先生が眉をひそめながらの登場。

現状を見てため息を吐きながらこう言った。

「綾が暴走したのか」

はいその通りです。だからガツンと何か言ってくださいお願いします。

「後でどこかの部屋空けておくからそこで好き放題してくれ」

「うむ。了解した！」

「松本先生ー！」

「冗談だ」

冗談には言っていいものと言っちゃいけないものがあります。そして、間違いなく先生の発言は後者である。なぜなら綾先輩が舐《な》め回すように頭から足先まで俺を見て、更に興奮しているから。

すぐに逃げられるように俺は通路を確保するため扉側に寄った。

「ところで松本先生。今日は何をするのですか？」

「それはだな。こいつのことを改めて話そうかとな」

俺を指さして姫華先輩の問いにそう答える。

「そもそも生徒会は去年からいる綾、姫華、小毬《こまり》だけでも十分に回っていた。そして今年は雫も加わって他に生徒会役員を増やす必要なんてなかった。まぁ、簡単に言うと……こいつの仕事をどうしようか」

つまり、俺にはする仕事がないと。さすがにそれは気が引ける。

「私の仕事……手伝わせる？」

小首を傾げて小さく手を上げながら答えた小野寺先輩。しかし松本先生は唸《うな》っている。

「……試すか」

そう言って書類の束と真っ白な紙を俺と小野寺先輩に渡す。

書類にはパソコンで打たれた文字がずらりと並んでいる。そんな書類の集合体が厚さにして二センチの束になっていると思うと、すでにげんなり。

「今から三十分間。可能な限り見本の文字を書き写してもらう。じゃ、始め」

慌てて近くの椅子に座り、書類を見ながら書き写していく。

とにかく一枚当たりの文字数が多すぎる。さらに文字も仮名や簡単な漢字だけでなく、かなり画数の多い複雑な漢字を使われているという鬼畜仕様。それらに加えて線すらない真っ白な紙のせいで字の大きさが変わったり、大きく傾いたり、字の間隔がつかめない。

四苦八苦は当然。経験したことのないほどに酷使《こくし》された右腕は力が入らなくなり。だんだん、自分が何を書いているのか分からなくなる始末。

ただただ、終了の合図を待った。

「やめ！」

終わりが訪れたことに思わず歓喜してしまい、シャーペンを投げる。

しかし、我ながら三十分と限られた時間内で三分の一の量をこなすことが出来たのだから十分に書記の手伝いをすることが出来るだろう。

「守谷、書いた紙見せろ」

「はい！　どうぞ」

俺は自信満々に松本先生に渡す。それを受け取った先生はパラパラとめくって眉間《みけん》に皺《しわ》を寄せ、後ろで覗く雫は苦笑していた。

「ぜんっぜん、出来てないな」

まさかのダメ出し。

「な、何か問題でも……」

「書いた量が少なすぎる。字の大きさが滅茶苦茶《めちゃくちゃ》。字が傾きまくってる。誤字脱字が多すぎる。一枚当たり三カ所はあるって正気か？　写すだけなんだから間違えるな。最後に字が汚い」

全て俺の心を抉《えぐ》ったけど、特に字が汚いがグサッと来た。

というか、これぐらいの字の大きさや傾きは普通でしょ。字だって言われるほど汚くはないはずだ……多分！

「少ないって、たった三十分でどれだけ書き上げればいいんですか？　全部は無理ですよ……」

「小野寺は十分前に終わってたぞ。そこにあるから見せてもらえ」

嘘でしょと思いながら小野寺先輩が書いた紙を探す。が、どこにも見当たらない。

「どこにあるんですか？」

「何言ってるんだ、小野寺の前にあるだろ」

いや確かに紙の束が二つあるけど、どっちも印刷した物――ん？　何で小野寺先輩の前に見本が二束あるんだ？

よく目を凝《こ》らしてみると、一方は確かにインク特有の質感で文字が写されている。しかし、もう一方は鉛筆で書いたような跡が残っていた。

まさかと思い鉛筆書きの方を手に取って凝視《ぎようし》。

「……嘘でしょ」

語尾が消えてしまいそうなほど声がかすれてしまう。コピーと言いたくなるほど精確に書かれた紙に俺は膝をついた。

「これじゃあ訂正するだけで時間がかかりそうね。廉には別の仕事をしてもらった方がいいんじゃないかしら」

悪気はないと思うが、雫の言葉が一番キツイ。

「じ、じゃあ、雫の仕事を手伝わせてくれないか。予算とかは分からないけど、単純な計算なら何とか――」

「最低でも五桁《けた》の掛け算割り算が暗算で出来るならいいわよ」

「すいません何でもありません」

もう次元が違い過ぎる。

「うーん、困ったな。姫華の仕事もあるが、会長の綾の補佐役だからな。そもそも今の守谷を見てる限り手伝うこと自体無理だろうな」

本当のことだけどもう少しオブラートに包んでほしい。

「……なら雑用関係任《まか》せたらどう？　お茶を汲《く》んだり、足りなくなった消耗品《しょうもうひん》を買いに行ってもらったり。後は私達のちょっとした頼みを聞いてもらうの」

雫の提案に皆が頷く。

でも知ってるか雫。そういう人のことなんて言うか。

パシリって言うんだぜ。

「それはつまり、抱きしめてくれと言えば抱きしめてくれるんだな！」

「んなわけないでしょうが」

綾先輩が予想通りの解釈をしたのでテンション低めでツッコむ。

「もちろん、さっきみたいに度が過ぎた頼みは廉が断ってもいいから」

当たり前です。そうしてもらわないと俺が食われる。

「じゃあ、庶務の廉の仕事はこれからパシリ役ってことで」

おい、そこの教師。何でオブラートを剝《は》がした。

「この後はどうするの？」

「特に急ぐ仕事、ない」

「綾ちゃん、どうするの？」

腕を組んで悩む綾先輩は俺を横目で見た。

「廉君はどうすればいいと思う？」

「え、俺ですか⁉」

新参者の俺に意見を求めてくるとは思わなかった。皆の視線が一気に集まる。

「俺入ったばかりだし、意見を出すなんて」

「何を言ってるんだ。私は今まさに君を頼ってるんだぞ」

俺は最初何を言っているのか分からなかった。しかし、すぐに綾先輩の言葉の意図を理解した。

今、綾先輩は俺に頼んでいるんだ。生徒会庶務としての最初の仕事を。

そして他のメンバーもそれを理解しているらしく、俺の答えを待っている。

なら俺がここで意見を出さないなんて職務怠慢《たいまん》も甚《はなは》だしい。

「えっと、それなら部活の様子を見に行くなんてどうですか？　実際に生徒達の頑張りをこの目で見ないと分からないこともあると思うので」

綾先輩は生徒会長らしく凛《りん》として微笑む。

「良い案だ。確かに私達は彼らの成績は知っている。そしてそれは予算の振り分けに反映されているが、成績は振るわなくとも私達の見えないところで血の滲《にじ》む努力をしている生徒達は大勢いるはずだ」

「そうね。努力している人が報《むく》われないなんて嫌だものね」

「成績は、大事……でも、努力は、もっと大事」

「そうだな。私も仕事を始めてから思うよ。学校にとっては成績が大事。だが、努力したことは一生役に立つ。だからこそ、部活動に対する努力はかけがえのないものだって」

「会議ばかりしてた私達には気づけなかったわね。ナイスな意見よ、廉」

ここまで俺の意見に賛同してくれるなんて。本当に俺はこの人達と同じ生徒会のメンバーだと実感した。そして賛同してくれたことが単純に嬉しかった。

「では早速視察に行くとしよう」

「あ、私はこの後作業があるから、お前達だけで行きな」

松本先生はここで生徒会室を後にし、続くように俺達生徒会メンバーも視察のため生徒会室から出た。

数多くの部活がある白蘭学園《びゃくらん》。今日だけでは回れることは不可能なことから今日は四つほど回ることに。まず始めにと、柔道場に赴《おもむ》く。

外からでも聞こえるほどの生徒達の雄叫《おたけ》びと畳に叩きつけられる音。

入る前から俺は萎縮《いしゅく》してしまった。

「ほら、シャキッとする！」

俺の心情を読み取ったのか、俺の背中を平手打ちする雫。そのおかげで体の緊張はほぐれた。

「さ、入るぞ」

綾先輩が俺達にそう声をかけるとすぐに扉を開く。

「失礼する！」

綾先輩の声が道場内に響き渡ると練習中の柔道部員達が一斉に動きを止めた。

「これはこれは生徒会長殿」

一際《ひときわ》ガタイの良い男子生徒が俺達の前に立つ。確か彼は主将の山本岩哲《やまもとがんてつ》先輩。

「今日はどのような用件でここに？」

「お邪魔でなければ少しばかり見学をしたいのですが」

やはり目上にはしっかりと敬語を使う綾先輩。一方の山本先輩はその頼みを快《こころよ》く聞き入れた。

「いいですよ。どうぞ中へ」

柔道場に招き入れられた俺達は目の前で行われる練習風景に目を奪われる。

何度も投げ飛ばされる部員達。しかし、そのたびに立ち上がり相手の襟《えり》を掴む。

柔道部は優秀な成績を多く残す部だが、実際にこうして目にすると、どれだけ努力した結果なのか伝わってくる。実際は俺達が思っている以上に努力をしているんだろうけど。

「さすが柔道部。活気がありますね」

「生徒会長殿にそう言ってもらえると皆の士気が上がります」

山本先輩は大きく口を開けながら笑い声をあげた。

男というより漢《おとこ》と表記した方が正しいぐらいに豪快な人物のようだ。

「ところで、そこにいる男子生徒が噂《うわさ》の庶務君ですかな？」

「ええ、そうです」

話題は俺へと変わり、俺は山本先輩に挨拶をする。

「守谷廉です」

「山本岩哲だ」

熱い握手を交わす。勢い余ったせいなのか、かなり強く握られて若干痛い。

「では、山本先輩。これで失礼します」

「ん？　もうですか？　せっかくですからもう少しだけでも」

「いえ、この後もありますから」

「いいじゃない綾ちゃん。もう少しぐらい」

もう十分見学したのに姫華先輩が俺達を引き留めた。

「廉君、ちょっと受けてみたらどうかしら？」

「……へ？」

この人は突然何を言いだす。

「それはいい！　さぁ、庶務君。柔道着に着替えようではないか！」

邪気のない笑顔の主将。

や、やばい。俺の本能がこの展開はまずいと言っている。

「い、いやーそうしたいのはやまやまなんですが、中学の授業以来で柔道着の着方を忘れちゃったんで遠慮しておきます」

自分ながら苦し紛《まぎ》れにもほどがある言い訳だな。

だが遠回しに断ったつもりなのに、山本先輩は肩に手を置いてニカッと歯を見せて笑った。

「授業でやったことがあるなら受け身は取れるな！　安心しろ！　我が部員達が着替えを手伝ってやろう！」

いつの間にか、数人の部員達が俺の背後に回っていることに気がつくが、すでに遅い。

女子の目の前で制服を脱がされ、あっという間に柔道着を着せられた。

「さぁ！　いくぞ！」

気合い満々の山本先輩。俺は未だ心の整理がついていないのに、襟を摑んで勢いよく一本背負いをした。

景色がぐるりと一回転したかと思えばいつの間にか畳に叩きつけられている。

やはり主将だけのことはあり、投げ方が上手《うま》く、痛みはそこまでない。

「さぁ、次々いくぞ！」

この後俺は数種類の技で投げられることになった。


「はぁ～……ひどい目にあった」

上手く投げられたとはいえ、何度も畳に打ち付けられ体中が痛い。

「あらあら、かわいそうに」

「誰のせいですか。誰の」

言葉とは裏腹に笑ってるぞこの人。

「チッ、せっかく目の前で廉君の生着替えが。柔道部員達の壁でまったく見えなかった」

こっちはこっちでまたおかしなことを言ってるし。この後もこんな調子では俺の身が持たない。

「次は野球部だけど、廉は大丈夫？」

数少ない常識人の雫の気遣いが身にしみる。

「大丈夫。ありがとうな」

俺がお礼を言うと少し頬を赤く染めてソッポを向かれた。

「あ！　危ない！」

ちょうど俺達がグラウンドに着いた時、そんな声が上がった。

何事と思い、周りを見回すと野球部員達が皆こちらを向いて慌てている。

「そこの男子避けろ！」

どうやら俺に向かって言っているようだ。

自分に危機が迫っていることに実感がない俺はふと、空を見上げた。

白い球体が落っこちてきている。

ファールボールか、と呑気《のんき》なことを俺は考えていた。そして次に思ったのは、ああ、避けられんな。

観念していると人影が突如《とつじょ》現れ、そのまま落ちてきたボールを見事にキャッチした。

「大丈夫かい？」

颯爽《さっそう》と華麗に参上したのは爽《さわ》やかな好青年。野球部キャプテン、犬井健太《いぬいけんた》先輩だ。

「あ、ありがとうございます」

「いえいえ。怪我《けが》がなくてよかった」

かいている汗でさえ爽やかな笑顔を引き立てるエッセンスでしかなく、行動までもイケメンとは女子にモテることが決められているような人物だな。

「廉君大丈夫か⁉」

横から綾先輩の手がにゅっと出てきたかと思えば、次の瞬間には俺の顔は胸に埋められていた。

そしてしきりに頭を撫でられる。

「怖い思いをしたな。私に甘えても――」

「廉、怪我はないみたいね！」

これ以上の綾先輩の本性を晒《さら》すわけにはいかない雫がすぐに俺をかっさらう。

「うん、まぁ。改めて犬井先輩ありがとうございます」

「いいよ。大したことじゃないから。それよりも君が新しく生徒会に入った守谷廉君だね。僕、君に会いたかったんだよ」

それって、憧れの綾先輩についた悪い虫に忠告するためとか？

「あぁ、身構えないで。単純に君に興味があるだけだから」

「そうですか」

ここ最近、多くの敵意を向けられていたためか、どうしてもそういう風に勘ぐってしまう。

でもこの人は本心からそう言ってるようだ。

「犬井先輩。よければですが見学してもいいですか」

生徒会長モードの綾先輩が丁寧に許可を取ろうとする。しかし、犬井先輩のリアクションがない。

「あの、犬井先輩。見学してもいいですか？」

「もちろんだとも！　さ、ここでは見づらいだろうからベンチまで行こう！」

俺が再度聞くと犬井先輩は快く引き受けてくれた。さっき綾先輩に反応しなかったのは聞こえなかったからなのか。

些細《ささい》なことに疑問を抱きながらグラウンド近くのベンチへと案内された。

犬井先輩には座ってもいいと言われたが、さすがに部外者である俺達が座るわけにもいかない。

心遣いだけ受け取り、立ったまま練習風景を窺《うかが》う。

監督の怒声に声を張り上げて応える部員達。そして隅っこでトスバッティングをする部員達もいる。

漫画でしか見たことがない光景がそこにあった。

「やっぱり気合い入ってますね」

「それはそうだよ。甲子園に向けて頑張ってたり、次のレギュラーの座を狙ってるんだから」

俺の斜め後ろで一緒に犬井先輩も見ているが、あなたは練習しなくていいんですか。

「ところで守谷君。君、なかなかいい体をしているね」

「そうですか？」

特にこれといって運動しているわけではないんだけどな。

「うんうん、下半身とか」

あれ、なんだろう？　何かを忘れているような。

「特に、お尻とか」

よし思い出した。松本先生が前にこの人のことについて口を滑らせていたな。

「守谷君。この後暇《ひま》なら僕と一緒に遊びに行かないかい？」

どうしよう。綾先輩と同じ視線が俺の背中に。

さらに臀部《でんぶ》辺りに何か気配が。

「おっと犬井先輩？　この手はなんですかね？」

パシッと乾いた音が鳴り、振り向く。

背後にいた犬井先輩の右手をがっちりと綾先輩が摑んでいた。

「やだなー。ただのスキンシップじゃないか」

「スキンシップでお尻を触るんですかあなたは」

両者互いに笑顔で火花を散らす。

「前から思っていたけど、君邪魔なんだよね。僕のお気に入りの子がみんな君になびくんだもん」

お気に入りの子って女子のことですよね。そうですよね！

「それは個人の自由ですよ。私は特に頼んだわけでも、ましてや指示したわけでもありません」

珍しく綾先輩を敵視する人物に会え、本来なら興味を引かれるところだが、話の内容が内容なのでこれ以上関《かか》わりたくない。

「はい、会長も犬井先輩もそこまでです」

仲裁役として雫が割って入る。

「会長、もうそろそろ時間です」

キリッとした目つきでそう言うと綾先輩は頷く。

「では犬井先輩。今日は見学させていただきありがとうございました」

綾先輩の一礼に続き他のメンバーもお辞儀をする。俺は遅れて頭を下げた。

「また来てもいいよ。特に、廉君」

いやー、出来れば遠慮したい。

俺に向けられる犬井先輩の視線を遮《さえぎ》り、綾先輩がもう一度礼をしてから俺達はグラウンドを後にした。

「まったく、犬井先輩が廉君を狙《ねら》うとは思っていたが。廉君のお尻に私のものだというのに」

「違います」

「……もしかして『お尻だけじゃないですよ、俺の全てが綾先輩のものです』ということを察してほしいんだな！」

「違うに決まってるでしょうが！」

早く終わらせよう。そして、俺の安息の地であるアパートに帰ろう。

「綾ちゃん。次はどうするの？」

「そうだな。ここは文系の部活に顔を出しに——」

「見つけたぞ、東雲《しののめ》綾！」

次の目的地を相談していた綾先輩と姫華先輩の話を遮って立ち塞《ふさ》がるユニフォーム姿のサッカー部員。

確か野球部の近くでサッカー部が練習してるんだっけ。

「ここで会ったが百年目！　今度こそお前からゴールを奪う！」

以前に勝負して負けたのか、メラメラと闘志を燃やしている。

「さぁ！　東雲綾！　俺と付き合え！」

はい、分かってましたよこの展開。だってこの人サッカー部エースの真島翔《まじまかける》先輩じゃないですか。

前に松本先生と話したことを完全に思い出してるから、この人のことについてももちろん覚えてる。

「いやだ」

バッサリと言葉の袈裟《けさ》斬《ぎ》りを受け、膝から崩れ落ちる真島先輩。

その横を綾先輩達はツカツカと歩き去っていく。同情からではないがなんとなくこの先輩を放っておけない。

「あの、大丈夫ですか？」

「あぁ、気にするな」

立ち上がって膝についた砂を払う真島先輩。

「あの、なんでそんなに執拗《しつよう》に綾先輩に告白するんですか？　前にも何度かしてるみたいですけど」

この質問に意図などない。単純に告白の原動力が気になった。

「そ、それはだな」

なぜかソワソワしだした。

言いたくないのか？　いや、これはどちらかというと何か待っている？

「真島君」

綾先輩と先に行ったはずの姫華先輩が戻ってきている。

「あ、あぁ」

プルプルと震えだした真島先輩。まるで子犬のようだった。

「真島君。あなたはいつになったら綾ちゃんへの告白をやめてくれるのかな？」

笑顔だが、目の奥はギラついている。

「いや、その」

「跪《ひざまず》きなさい」

何言ってるんだこの人。

「はい」

何素直に聞き入れてんだこの人。

また両膝と両手を地面につける真島先輩の頭に姫華先輩は片足を乗せた。

「って、何やってんですか⁉」

「何って、子豚ちゃんの躾《しつけ》よ？」

当然の如《ごと》く言われても俺の理解は追いつかない。

「あ、あぁ！　姫華さん！」

喜んでるよこの人。

「あら、子豚ちゃんが気安く私の名前を呼ばないでくれる？」

ゲシッと頭を踏み直すと、さらに真島先輩は興奮していく。

「じ、女王様！」

目の前で行われるＳＭプレイに呆然《ぼうぜん》とするが、このまま傍観している場合ではない。こんな場面を見られたら生徒会の評判が。

「あぁ、今日も女王様が躾をしていらっしゃる」「俺も躾られたい」「姫華お姉様、素敵」

羨望《せんぼう》の眼差《まなざ》しが集まっている。どうやらこの風景は日常茶飯事らしい。

「今日はこのぐらいにしてあげる。さ、廉君。綾ちゃんが待ってるわ」

満足した姫華先輩が歩きだし、俺は真島先輩を一瞥《いちべつ》してからその後を追う。

……真島先輩。あんな放送コードに引っかかりそうな顔をしていたけど大丈夫かな？

そんな心配事をしているうちに、俺と姫華先輩は部室棟《とう》の近くまでやってきていた。

すぐ近くで待機していた三人を見つけ、すぐに合流。

「ここって部室棟ですよね」

「あぁ、主《おも》に文系のな」

掛けられている札を見ながら、どこを視察しようかと悩んでいる綾先輩。

「来たのはいいが、どこに行くべきか」

「運動部と違って、活動は、少ない」

二階まで見たが運が悪いらしく無人が多い。いたとしても活動をしているよりかは時間を潰しているよう。

「もしかしたら教室を借りてるんじゃないですか？」

「その可能性もあるわね。綾ちゃん、一度戻った方がいいんじゃない？」

俺と雫の意見に綾先輩は首を縦《たて》に振る。

「そうだな。一度校舎に戻るとしよう」

来た道を戻るため階段を下りていると、上ってくる男子生徒と鉢合《はちあ》わせになった。すれ違うように片側に寄って道を譲る。

「ん、廉？」

通り過ぎざまに男子生徒は俺を呼ぶ。

よく見なくても卓也だった。

「おぉ、卓也」

片手を上げて軽く挨拶をすると、涙を溜めながら、俺の手を握る。

「よかった！　お前がいてくれてよかった！」

まだ出会ってから一カ月ほどだが、普段の卓也とは明らかに違う。

「頼む！　俺と一緒に部室来てくれないか」

「部室って、アニメ研究会のか？」

力強く頷く卓也。

「あそこにいるの辛《つら》いんだよ」

そういえば前にもアニメ研究会に関して相談を受けたっけ。

「前にも言ったが、一度考え直してもダメなら退部すればいいんじゃないのか」

「確かに居心地は悪いかもしれないけど、共通の話が出来て好きなんだよ」

確かにクラスでアニメ関係を心置きなく話せるのは俺ぐらいだな。といっても知識量は明らかに卓也の方が上なんだけど。

「廉、その人は？」

あぁ、そうだ。今は生徒会と一緒に行動してるんだった。

「俺と同じクラスの三島《みしま》卓也」

俺と一緒にいる生徒会メンバーに気づき、軽く会釈《えしゃく》をする卓也。

過剰《かじょう》な反応どころか平然としているあたり、俺と同じく綾先輩達にさほど興味を示していない。

まさに類は友を呼ぶ。

「やぁ、三島君」

「あ、生徒会長さん」

「先日は世話になった」

そういえば卓也と綾先輩は伝言役とはいえ一度だけ面と向かって話してるんだっけ。先日というのもおそらくそのことだろう。

「君はアニメ研究会に所属しているのかな？」

「はい、今日も実際に集まったりしてます」

「綾先輩。もしかしてですけど」

次に綾先輩が口にする言葉は。

「よし、アニメ研究会を視察するぞ」

ですよねー。

まぁ知り合いがいる分、気が楽ではあるけど、今の卓也の扱いを目《ま》の当たりにした時俺はどんな反応をすれば良いのだろうか。

「三島君。案内してくれないか」

「は、はい！　こっちです」

目に見えて嬉しそうな卓也の姿に生徒会の立場的にも友人としても断ることは出来ない。

黙って卓也の後を追った。

「ここです」

三階まで上り、案内された扉にはアニメ研究会と書かれている。

卓也は躊躇《ためら》わずその扉を開いた。

中は思っていたよりも広く、棚や机の上には漫画やＤＶＤ、フィギュアなどが整然と陳列《ちんれつ》されている。

各々《おのおの》で自由に過ごしていた部員達は突然の訪問者に動揺している様子だった。

「み、三島君。なんで、せ、生徒会長様が」

黒縁《くろぶち》メガネをかけた気弱そうな先輩が代表して卓也に尋ねた。

「視察をしてるみたいで。あ、こちらはアニメ研究会部長の竹村篤郎《たけむらあつろう》先輩です」

恐縮して頭を下げる竹村先輩。それに返すように俺達も頭を下げた。

「突然で申し訳ない。この部がどんなことをしているのか見に来たのだ。出来れば私たちに構わずいつも通りにしてくれればいい」

と綾先輩が言うのだが、さすがに全校生徒の注目の的《まと》である生徒会長が目の前に現れたらいつも通りなど出来ない。

部員達全員の動きがぎこちなくなっている。

「ん？　それは何かな？」

綾先輩は何か気になったようで机の上に置いてある紙の束を指差す。

「これは、その、部員が描いた漫画でして、あのその、ここはアニメ研究会と言っていますが、アニメだけじゃなくて、漫画とかもその、受け入れてるんで」

声音から伝わってくるほど緊張している。

「どれ、見させてもらっても構わないか？」

作者である人物に竹村先輩がアイコンタクトをとるとそれらしき女子部員から許可が下りた。

「大丈夫みたいです」

「では」

丁寧に作品を扱い、一枚一枚目に焼き付けるようにじっくりと見ていく。

未完成なのかページ数が少なく、十分ほどで綾先輩は作品を静かに置いた。

漫画など、綾先輩には関心がなさそうに見えるが、果たして講評はどうなのか。

「あ、あの、どうでしょうか」

長い沈黙に堪《たま》らず聞く作者。

「一言で言おう……なかなか面白かった」

とても短い感想。しかし、それだけで彼女の顔はパァーッと晴れた。

「あまり漫画を読まないのでこんなことしか言えないのだが」

「いえ！　十分です！　ありがとうございました！」

何度もお辞儀をして感謝している作者。

やはり自分が描いたものが評価されれば嬉しいものなのか。

「今後も活動に励むように。では私達はこれで失礼します」

もう視察を終えるらしく、綾先輩は一度お辞儀をして退出しようとしている。

しかし、引っかかりを覚えていた俺はその後を追わない。

「綾先輩。この後って生徒会室で何か話ってあります？」

「いや、この後はもう解散だが」

俺の質問を不思議そうに答える。

「ちょっと卓也に用事あるんで先に戻ってもらっていいですか？　そんなに時間はかからないと思うんで」

「いいだろう。十分でも二十分でも一時間でも私は待とう。終わったら生徒会室に来るように」

そう言って雫達を引き連れ、改めてアニメ研究会を後にした。

俺を除く生徒会役員が去ったことでようやく気を緩めた部員達は各々の作業や会話に戻る。

残った俺は引っかかりを解消するべく卓也に近づき、他の部員には聞こえないボリュームで囁《ささや》く。

「どういうことだ？　前あんなこと言ってたから、てっきり他の部員達に嫌われてるのかと思ったけど、見てる限り良好な関係に思えるんだけど」

綾先輩がいたから緊張はしていたが、綾先輩が作品を読んでいる最中は部長や他の部員から耳打ちで卓也に話しかけているのを俺は見逃さなかった。

それに態度から部員達に後ろめたさのようなものも感じられなかったのも一つの理由だ。

「いや、ここの人達とは良好なんだ。むしろみんなから積極的に話しかけてくれる。ただ、問題は――」

卓也の声を遮って乱暴に扉が開く。

突然の大きな音に思わず体が跳ね上がった。

一瞬生徒会の誰かが戻ってきたのかとも思ったが、あまりにも乱暴すぎる。

「ちわーっす」

扉の近くにはイケイケ系の女生徒が三人、ニヤニヤしながら立っていた。

誰かの友人か何かか？　いや、明らかにここにいる人と系統が違うしな。

「あ、卓也君いるよ！」

呼ばれた卓也を盗み見ると、笑みが引きつっている。

考える必要もない。これが元凶なのは一目瞭然《いちもくりょうぜん》。

「卓也君、この後遊びに行かない？」

「いや、その」

助け船を出してと言わんばかりに俺をチラチラ見る。

俺にどうしろと。

「水原《みずはら》さん。三島君はこの後、自分と約束があるので遠慮してもらいたい」

三人が一斉に竹村先輩をキッと睨《にら》みつけるが、一瞬怯《ひる》むも竹村先輩も睨み返す。

「ふーん、あ、そう」

とりあえず誘うことはやめたが、今度は俺を押しのけて卓也を囲む。

「ならお話ししよ。この部らしくアニメの話で」

そう言ってイケイケ三人組は卓也を囲って話を始める。

が、アニメや漫画を原作としたドラマの話や、広く世間に知られた漫画の話。

別にそれが悪いとはまったく思わない。好きであるなら。

しかし、彼女達の言動は明らかにアニメや漫画を小馬鹿にしたような口ぶりであり、ドラマ化されてないもの。あるいは世間一般で評価されていないものは認めないといったスタンス。

なんでそんな人物が、どうしてこの部室に出向いてきたのか。

目の前の光景が答えだ。

「あ、あの。水原先輩。出来れば、もうちょっと声を小さくしていただけると」

綾先輩に作品を見てもらった女子部員がおずおずと頼む。

しかし、三人の視線が注ぎ込まれると体を固めてしまう。

「あら、誰かと思ったら地味子ちゃんじゃない」

「もしかして、『仲良しの卓也君を取らないでー』って言いたいの？」

仲間の二人が不愉快な笑い声を上げながらその子をからかう。

「わ、私はそんなこと――」

「そうだよねー。あんたみたいな地味で根暗そうな子なんて、卓也君に話しかけること自体間違ってるわよ」

にっこりと笑う水原先輩。

「水原さん、やめないか！」

竹村先輩が割って入ったことでしらけたのか、素直に引き下がった。

「君達はここに用はないだろ。ならもう帰ってくれないか」

「竹村先輩。あたしもここの部員ですよ？　なら、いても構わないでしょ」

そう反論すると水原先輩は何かに気がついたのか、足早に竹村先輩の脇を通り過ぎる。

そして、机の上に置いてあった作品に手を伸ばした。

「あら、地味子ちゃんの漫画？」

「返してください！」

自分の作品を雑に扱われ、作者の女子は顔を赤くする。

水原先輩が眺めていた作品を他の二人がかっさらい、回し読みしながら小馬鹿にし始めた。

「うわっ、こんな展開普通ありえないでしょ」

「てか、目デカすぎ。こんなの平然と描くなんて、相当の勇気だね」

いい加減我慢の限界だ。それは卓也も同じだった。

「それは花田《はなだ》さんが一生懸命描いた作品です！　それを酷《ひど》く言うなんておかしいです！」

「えー、私達はー、読者として意見を言ってるだけだよ。だ・か・ら」

作品をわざと床に落とす。

「つまらないものはこうするの」

そしてそれをもう一方が足で踏みつけた。

目の前で起きた出来事をただ呆然と眺めることしかできない。

「ひどい……」

目を真っ赤にし、涙が溜まっていく花田さん。

本当に同じ人間がする行動なのか。

生徒会の一員として、一人の人間として黙っていられない。

「それ以上はやめてください！」

大声を急に出したせいで声が裏返った。恥ずかしい死にたい。

「うわっ、声裏返ってる。ダサっ」

それ以上は触れないで。

「廉……」

卓也、そこは部外者の俺が部の活動を守ろうとしている姿に感動する場面なわけで、かわいそうな子を見る場面ではないぞ。

「い、いくらなんでもこれはやりすぎです！　生徒会として見過ごすわけにはいきません！」

生徒会という単語に三人がピクリと反応した。

「生徒会なんだー」

そう言って仲間の一人が俺に近づく。

「そうです。これ以上何かするなら生徒会として行動を起こさないといけません」

と、言って強気になっているものの、足は自然と後ろに下がった。

「ふーん、そう」

目の前で足を止めて、舐《な》め回すように俺の顔を観察する。

「もういい。二人共帰ろ」

水原先輩がそう言うと素直に聞き入れ、三人で扉へ向かう。

「今日はこの辺で帰ってあげる。またね」

その言葉を残して三人はこの場を去った。

「すまない。君にまで迷惑をかけてしまって」

竹村先輩が深々と頭を下げているが飽くまでこれは俺が勝手にやったことで、謝る必要などない。

「いいえ、気にしないでください。それより、あの人達は一体」

「水原さんは一応ここの部員なんだよ」

確かに『ここの部員』とは言っていたが明らかに系統が違う。

「去年まで彼女もここの部員達とは仲が良かったし、共通の話もした。でもある日を境に、ここに訪れることはなくなった。そんな彼女が三週間ほど前にさっきの二人を連れてここを訪れたんだ」

水原先輩がここの人と仲が良かったのかと驚くが、そこには言及しない。

「おそらく三島君が目的だったんだろう。それからずーっとこうして部室を訪れては彼を誘うんだ」

さすがにそんな状況じゃ卓也はいづらいわな。卓也のことだ。ここが好きだからこそ退部したいと考えたのだろう。

「すいません竹村先輩。俺がもっとしっかりと断っていれば」

「君のせいじゃないよ」

そうやって卓也を慰《なぐさ》めようとはしているが、それだけで罪悪感が晴れることはない。

「君もこれ以上関わらない方がいい。そもそもこの部の問題なんだから。さ、生徒会長さんが待っているよ」

「……失礼しました」

頭を下げて俺は彼らの顔を見ないように扉を閉めた。

協力しますとは言えなかった。部外者の俺が下手《へた》に首を突っ込んで、かえって迷惑をかけてしまう可能性があるからだ。

頭では理解していた。しかし、少しでも卓也のために、この部のためになるのであれば。

「いい加減に水原を辞めさせてください！」

「いや、まだだ……」

「まだってなんですか!?　もう十分に退部させる理由になります！」

部員達の言い争いが聞こえてしまった。早くここから去ろう。

「あ、出てきた出てきた」

部室棟を出てすぐに、またあの三人と遭遇した。いや、これは明らかに俺を待ち伏せていた。

「何の用ですか？」

「そんな怖い顔しないで」

「ちょっと君とお話ししたいだけだからさ」

名も知らない二人の先輩が詰め寄り、水原先輩が遠くでその様子を眺めている。

ついていっていいのか？　しかし、卓也のためにも一刻でも早く解決したい。

「ちょうどよかったです。俺も先輩達と話がしたかったんです」

「そっか。なら人目に付かないところに行こうか」

素直に受け入れた俺は三人に囲まれながら誘導されるように校舎裏に連れていかれる。

昼間でも陽が当たっていないのか、この季節にしては少し肌寒く感じた。

「この辺でいっか」

先頭を歩いていた二人が立ち止まるとくるりとこちらを向いてニヤリと笑う。

「さ、早く話を――」

と、早急に話を進めようとしたが二人は思いっきり俺を後ろに突き飛ばした。不意を突かれたことで対応出来ず、後ろにいた水原先輩を巻き込んで転んでしまった。

そして運悪く俺が水原先輩を押し倒すような形になり、目尻に若干《じゃっかん》の涙を溜めた水原先輩に睨みつけられた。

「す！　すいませ――」

俺の謝罪はシャッター音にかき消される。

「奴隷かっくて～い」

「あーあ、生徒会の子が女の子を襲うなんて」

こんなことは少し考えれば予想出来たはずなのに。どうやら俺は冷静ではなかったようだ。でなければこんな安易な罠《わな》にはまるはずがない。

「どうするつもりですか」

立ち上がって精一杯睨むが、今の俺の立場では相手をひるませることすら出来ない。

「だから奴隷だって。私達の言うことをなんでも聞く」

「そうそう」

「そんなことするわけ――」

そっとさっきの光景が映ったスマホの画面を見せられる。

「いいのかなー。写真ばらまいちゃうよ？」

「そんな写真誰が信じるもんか！」

「そう思うなら勝手にすれば？　全校生徒が皆あんたの味方って言えるならさ。それにこの角度だとあんたの顔は見えないけど、舞《まい》の嫌そうな顔は見えそうだったり、見えそうでなかったり」

皆絶対信じてくれる。信じてくれる……信、じて……。

俺は奥歯で嚙み潰した苦虫と共に言葉を飲み込んだ。

そんな勇気は俺にはない。ならせめてこれ以上被害がないように、そして生徒会に迷惑が掛からないように彼女達に従うしかない。

「そうそう、そうやって素直にね」

「それとケータイ出して、もちろんパスワード解除してよ」

言われた通りにすると何かを手際《てぎわ》よく打ち込んでいく。

「ほら、舞も打ち込みなよ」

スカートに着いた土を払っていた水原先輩に渡すと、二人と同様に水原先輩も打ち込んだ。

「はい」

水原先輩から受け取ると、連絡先に新しく「水原舞」「諸星綺羅々《もろぼしきらら》」「宮本秋葉《みやもとあきは》」の三人の名前が追加されている。

「私達が連絡したらすぐに来ること。分かった？」

「これからよろしくね。奴隷君」

奴隷を手に入れたことで気分を良くしたのか、今日はそれだけで三人は去った。

残された俺は自分に失望していた。勇気を出さなかったせいで生徒会役員の肩書を自ら足枷《あしかせ》に変えてしまったのだから。

少しの間、放心状態になっていた俺は綾先輩達がまだ生徒会室で待っていることを思い出し、重い足取りで校舎に入る。

どうすればいいのか。どんな顔で行けばいいのか。などと考えているといつの間にか生徒会室の前まで来てしまっていた。

「廉君。入らないの？」

お手洗いに行っていたのか廊下からやってきた姫華先輩に突然声をかけられ、体が大袈裟に反応してしまった。

そんな俺の態度に不思議そうに小首を傾げる。

「どうしたの？　少し顔色が優れないように見えるけど」

「い、いえ！　初仕事で少し疲れが出ちゃっただけですから」

もちろん嘘だ。

「大丈夫⁉　すぐに休んだ方がいいわ。今から迎えのリムジンを。いえ、渋滞する恐れがあるからヘリの方が」

「そこまでしなくてもいいです！　少し疲れただけですから！」

そんなことをされては、明日から大家さんに変な目で見られるに違いない。

「そう？」

「二人共。何を生徒会室の前で話してるんだ？」

俺達の会話が聞こえたのか綾先輩が扉を開けて、俺と姫華先輩を交互に見つめる。

「廉君、疲れてるみたいだから送っていこうかと思ってるの」

「何⁉　大丈夫か廉君！　仕方ない。ここは私が責任を持って君を送り届けよう。だから君の住所を教えてくれ。さすがの私もまだ君の家を把握していないんだ」

「俺の住所をゲットとして何するつもりですか」

そこは俺の最終防衛ラインだ。今までもなるべく綾先輩を警戒しながら回り道をすることでそれを知られることを防いでる。必死こいて隠しているものをやすやすと教えてたまるか。

「別に、送ってもらう必要はありませんから。俺はすぐに帰って休みますから心配しないでください」

生徒会室に置いてあった鞄を持って逃げるように帰った。

宣言通り、家に着いた俺は夕食を済ませてそのまま布団にくるまる。単に今日のことを隠すためについた嘘だったが疲れは溜まっていたらしく、すんなりと眠りについた。

最近日課となりつつある綾先輩との登校を終え、俺は下駄箱で靴を履き替えながら昨日のことを思い出していた。

「よ！　こんな所で突っ立ってどうしたんだ？」

事情を知らない卓也がいつものように俺の背中を軽く叩く。

「ちょっとボーっとしただけだよ」

「そっか……悪かったな」

昨日のことを謝っているのだろうが、それ以上に自分の現状の方で頭が一杯になっているせいでそれに対して何も言えなかった。

「部の問題なのに廉も巻き込んじまって。でも、これ以上関わる必要はないからな。もし、この件で面倒なことがあったら俺に言ってくれ。すぐに助けるから」

俺の心を見透かしているのかと思えるほど、最も言ってほしかった言葉。今ここで打ち明ければ打開することが出来るかもしれない。

俺の口が開きかけた。が、俺は歯を食いしばって言葉が出るのを止めた。

アニメ研究会で起こっていることがきっかけではある。でも、今の自分の立場にしたのは迂《う》闊《かつ》だった俺が原因。

今ここで卓也に打ち明ければ俺は楽になる。だけど、それは卓也の重荷にしかならない。俺はこれ以上誰かの足枷にはなりたくはない。

「どうしたんだ？」

様子がおかしい俺を不審に思ったのか顔を覗き込まれるが、俺はいつもの俺を装う。

「何でもねぇよ。さっさと行くぞ」

歯を見せて笑うことでようやく納得したのか卓也も笑い、俺達は教室へと向かった。

何事もなく教室に着いた俺達は余った時間で共通で見ているアニメや漫画で話に花を咲かせていると、机の上に置いたスマホが振動する。もしかして……

「メール来てるぞ」

「……あぁ」

一度深呼吸してからメールを開く。送信者の欄には「松本雫」と表示されている。そういえば、前一緒に昼食をとった時に綾先輩の件で相談出来るように、ということでアドレスを交換していたのをすっかり忘れていた。

内容は、昨日と同じく昼休みに生徒会室に集合とのこと。

「生徒会の連絡だ」

「あぁ、なるほど」

心の底から安堵していると、再びスマホが振動した。

伝え忘れがあったのかと再びメールを開くが、新しく届いたメールの送信主が「水原舞」になっていることに俺の背筋は凍る。

内容は、昼休みに屋上に来いとのこと。

「どうした？」

「……いや、伝え忘れがあったみたいだ」

卓也に覗かれないようにスマホを鞄の奥にしまった。

特に気にした様子ではない卓也は話を続ける。

「学級委員、号令」

時間通りに松本先生がやってくると、同時に朝のホームルームが始まった。

だがそれほど大事な報告はないらしく、手短に伝えるべきことを伝え、別クラスで行われる授業の準備のため早々に教室を出ていく。

俺も最初の授業である英語の教科書を机の上に——

「あれ」

置こうとした。しかし教科書を忘れてしまっていた。こんなこと、入学どころか小学生以来だ。

仕方なく、隣の女子に教科書を見させてほしいと頼む。

嫌がる素振りもされず、机をくっ付かせてもらうと、俺にも見えるように真ん中に教科書を開いて置いてくれた。

とりあえず一時限目は終わりまで問題もなくことなきを得る……が、まさか他の授業の用意も忘れているとは思ってなかった。

そうだ。鞄の中身が昨日のままだ。

何度も教科書を見せてもらうはめになり、さすがに苦笑いを浮かべられたのは言うまでもない。

そんなやりとりがあってなんとか四時限目までは乗り切った。後残っているのは教科書をあまり使わないものだったり、昨日と被《かぶ》っている教科なので隣に見せてもらう必要はない。

胸をなでおろすが、メールのことを思い出し心境は一変して陰った。

「なぁ、昼飯買おうぜ」

前の席に座る卓也から誘われる。

「すまん、ちょっと呼ばれててな」

「生徒会は忙しいんだな」

「まぁな」

卓也が勘違いしている間に俺は廊下に出た。

廊下には購買に向かったり、昼食をとる場所を探す生徒達が行き交う。

人を避けて屋上へまっすぐに行こうとしたが、二階に上がった直後に黄色い悲鳴が聞こえた。

気になって廊下を覗き込むと、生徒達が一人の生徒のために道を開けている。

その生徒とは綾先輩のことだ。

堂々とした振る舞いはやはり全校生徒の代表である生徒会長。人を束ねる器《うつわ》というものがひしひしと伝わってくる。

少し観察していると、綾先輩と目が合う。その瞬間、綾先輩の足取りが速くなったのは気のせいではない。

これはまずいと思い、すぐに逃げようと試みようとしたが、よくよく考えれば見つかった時点で逃れることなんて出来ないな。

ならせめて人が寄り付かなさそうな倉庫や生徒指導室、屋上などに誘導するべきか。

しかし、屋上は水原先輩がいるから論外。

倉庫は遠い上に人が来なさすぎて俺が食われる。後戻り出来ない道は嫌なので却下《きやっか》。

なら生徒指導室のある棟《むね》の踊り場に行くのがベスト。あそこの棟は職員室が一階にあるが、それ以外の階には生徒指導室や学校の歴史が分かる資料室などあまり利用者のいない部屋が固まっている。職員室を除けば、生徒はおろか、教師ですら訪れる機会は他の棟と比べて極端に少ないことは把握済み。

え、なんでそんなどうでもいいことを知ってんのかって？　俺の今後の高校生活を守るための最重要情報だからだよ！

歩調を合わせて綾先輩をおびき寄せるように。かつ、追いつかれないように連絡通路を活用して生徒指導室のある棟へ移動。

生徒指導室近くの階段を使い、踊り場まで上ってから後ろを振り向いた。

「あれ、いない……」

確かに直前の角を曲がる前にはまだいたはずなのだが。

「ふぅー」

「うわひゃっ！」

耳元に吐息をかけられ飛び上がり、かけられた方向に顔を向ける。

そこには嬉しそうな綾先輩が。

「ふふ、まさか君がこんな人気《ひとけ》のなさそうな場所に来るとは思わなかった。私がついてきているのは分かっていたのだろ？」

綾先輩ににじり寄られ壁際《かべぎわ》に追い込まれた。

「お、俺に用があって近づいたんじゃないんですか？」

「……まぁ、そうだな」

右手に持っていた弁当箱を俺へと差し出す。俺は素直にそれを受け取った。やっぱり、俺の教室に行こうとしてたのか。

「今朝渡し忘れていた。渡しに行こうと思ったらちょうど君を見つけてな」

「そうですね。俺も昨日の弁当箱を返すの忘れていましたし」

と言っても洗ってすらいないのだが。

「すいません、弁当箱を洗い忘れているんで、また後日に――」

言い終える前に俺の両頬を何かがかすめ、後頭部に震動が伝わるほど大きな音が鳴る。

「い、いや。別にそのままでも、私は構わないぞ」

キャッ！　女子なら一度は憧れる壁ドンをされちゃったよ！

でも残念。俺は男だ。目の前にいるのは綾先輩だ。ロマンもクソもない。

というか、この人は洗っていない弁当箱をどうするつもりだ。

「いえ、汚いんで俺が洗います」

「汚くはないぞ！　少なくとも私にとっては宝物だ！　是非じっくりと味わってだな」

「食中毒起こしますよ」

と、的外《まとはず》れなツッコミをしていると誰かの駆け足が聞こえてくる。

いや、俺にはその人物が誰なのか見当はついていた。

ここに来る前にある人に『綾先輩　生徒指導室　踊り場　ｈｅｌｐ』と送っておいたのだ。

しかしあんなメールでよく来てくれたもんだ。

「あーやーちゃーんー！」

廊下をズザザッと滑りながら登場した雫が踊り場にいる俺達を下から見上げている。

雫の登場により、綾先輩は俺から離れた。

「雫、廊下は走るな」

「ご、ごめん……じゃなくて綾ちゃん！　また変なことしようとしてたでしょ！」

勝手に決めつけられたことに少し機嫌を損《そこ》ねたのか、頬を膨《ふく》らませる。

でも雫の言った通りでしょ。

「勝手に決めつけるな！　ただ廉君のエキスがついた弁当箱が欲しいだけだ！」

「それを変なことっていうの！　廉、後はこっちに任せて」

綾先輩の手を取ると、引っ張ってどこかへ連行していく。

女神様。もとい雫に助けられ、俺は知り合いに見つからないように元の棟に戻って屋上へと駆け上がった。

少し動悸《どうき》を感じながら屋上へ通じる扉のノブに手をかける。そして意を決して捻《ひね》った。

建物自体が大きいこともあり、屋上も広々としている。しかし、生徒達に開放されているはずなのに利用者はほぼいない。

学食その他の施設が充実しているこの学園では、風にさらされ、時には雨にも打たれる屋上をわざわざ利用しないのだろう。

こんな広い場所で人目を気にせずいられるというのに。などと思っている自分自身、実際ここに来るのは初めてであって。

「守谷、遅い」

ご機嫌斜めな水原先輩が腕を組んで凄《すご》んでいる。

威圧されながら俺はゆっくりと扉を閉めた。

「……用はなんですか」

水原先輩は凄むのをやめると近くに設置されたベンチに腰を下ろし、隣をポンポンと叩く。

「まぁ、座りなよ」

俺は素直に隣に座る。若干距離は空けて。

「それって、お弁当?」

「ええ、まぁ」

手に持っていた布で包まれた弁当箱に気がつかれ、素《そ》っ気《け》なく返事をした。

「ふーん。一人暮らしとか?」

「そうですけど……そんなことを聞くために俺を呼んだわけじゃないですよね」

少しでも反抗する意思を示すために睨むが平然とした態度で持参していた購買のパンの袋を開けた。

「違うわよ。あ、お弁当食べながらでいいから答えてね」

水原先輩に許可されたわけではないが、腹の虫から空腹であることを必要以上に知られては気が散ってしまうのだから仕方がない。布を解いて弁当箱を広げた。

「聞きたいことってのは卓也君のことよ。好きなタイプとかさ。何度も聞いてるんだけどいつもはぐらかされちゃうのよ」

この問いは想定内。俺から聞きたいことはそれぐらいしかないからだ。

「嫌だって、言ったら？」

「別に、何も」

と言われたが、写真がある以上信用出来ない。

それに卓也の秘密を暴露するならまだしも、好み程度なら問題はないはずだ。

だが前にも言ったことがあると思うが、あいつは二次元にしか興味がない。はぐらかされた理由もそれが関係していると友人である俺が断言しよう。

しかしここで俺が本当のことを言ったとしてもこの人が納得するとは思えない。

むしろそんな答えなど一蹴《いっしゅう》されて写真を流される可能性あり。だから嘘でなくともそれっぽく脚色する必要がある。

「それぐらい、別にいいですよ」

続けて答えようとしたちょうどその時、閉めたはずの扉が開く。

奥から現れたのは諸星先輩と宮本先輩の二人だった。

「ここにいたんだ舞」

「あ、奴隷君もいるよ」

隣で一緒に昼食をとる俺にも当然気がつき、ニヤニヤと嫌な笑みを浮かべている。

「舞は何で奴隷君と一緒にいるの？」

「卓也君のことを聞いていただけよ」

囲むように座っている俺を見下ろし、さっさと話せと訴えているようにも見える。

「私も聞きたい聞きたい！」

「聞かせてくれるよね」

宮本先輩があの画像をチラつかせてあからさまに脅迫してくる。答えるつもりではあったが、こうまでされては嫌な気分になる。

「あいつは少し強気だけど、ちょっとした気配りが出来て、世話好きな子が好きみたいですよ。髪型は両側を縛ったのが好きとも言ってました」

「へー、お姉さんみたいなのがタイプか」

「それでおさげがタイプかー」

と、自己補完をしている。

俺は一つも嘘は言っていない。卓也という人物がどういう人物か知っている者なら分かるが、典型的なツンデレツインテールです。

「ちょっと、それってツ――いや、やっぱり何でもない」

水原先輩だけは何か言おうとしたが、すぐに口を噤《つぐ》んだ。

どうしましたか？　と聞こうとしたがそれよりも先に諸星先輩の要求が飛ぶ。

「あー、喉渇いた。ちょっと飲み物買ってきてくれない？」

スマホを軽く振ってお願いされては何も言わずに引き受けるしかない。

「もちろん奴隷君のおごりだから。飲み物は紅茶ね」

「あ、私はカフェオレ。舞は？」

「あたしはいらない」

それぞれの注文を聞いてすぐに一番近い自動販売機まで行って飲み物を買う。

幸いにも知り合いに会わずに戻ることも出来た。

買った飲み物を先輩達に渡す。勿論《もちろん》支払った分の金額が戻ることはなく、感謝の言葉すらなく、ごくごくと勢いよく飲まれた。

その後は何も命令はなく、先輩達が盛り上がっている横で予鈴が鳴るまで俺は静かに箸《はし》を進めていた。


「…………あらあら」


水原先輩達から解放された俺はすぐに教室に戻って授業を受けた。

滞《とどこお》りなく進む授業。黒板はチョークで真っ白になるほど板書されている。俺のノートも同様に真っ白だが、黒板とノートでは白の意味がまったく違う。

原因は授業中に届いたメール。

そのメールに気がつき、教師が文字を書いてる間にさっと読み流そうとメールを開いた。

しかし、流して読むほど文量はなく、メールは短く『放課後も屋上に来てね』と宮本先輩からであの写真も添付されていた。

そこからの授業は断片的にしか覚えておらず、いつの間にか六時限目の終わりを告げる鐘が耳に響く。

最後の授業を受け持っていた松本先生は、そのままホームルームを開く。

明日の授業が変更だの、提出物はしっかり出せだの話しているようだ。

「いいな？　それじゃあ、号令」

委員長が号令をかけて一同礼をした。

このまま屋上に向かおう。

「守谷、ちょっと待て」

松本先生の呼びかけに足を止めて振り向くと、先生は俺に歩み寄ってくる。

「今日も生徒会は集まるはずだ。ちゃんと行けよ」

すっかり忘れていた。

だけどこの後は宮本先輩からの呼び出しをくらっている。

「すいません。この後用事があるんで行けないです。俺から雫に伝えておきますから」

「そうか……。すまないな足止めしてしまって」

今回は俺の言葉を信用したらしく、松本先生は「明日は参加しろよ」と言い、手を軽く振って教室を出た。

すぐにスマホを取り出してメールを作成。誤字脱字がないか確認して雫に送信して、重い足取りで屋上へ向かった。

屋上の扉を開けると、水原先輩達がスマホをいじりながら待っている。

「あ、来た来た」

宮本先輩が俺に気がつくと悪戯《いたずら》な笑みを浮かべた。

何か企《たくら》んでいるようだが、俺は奴隷らしく主人のもとに赴《おもむ》き、従順に従うしかない。

「ねぇ、奴隷君。お願いがあるんだけどー」

「何ですか。またパシリですか」

従順とは言ったが、嫌味ったらしく言ってみた。しかしニコニコと表情を崩さない。

「君って、生徒会のメンバーなんだよね？」

「それが何か」

グッと顔を近づけられる。そして、

「生徒会長の弱み教えてくれたら、解放してあげる。って言ったらどうする？」

愛らしい顔でそう言った。

それはつまり取引。俺の代わりに綾先輩を差し出せと。

確かに別に俺じゃなくてもいいんだ。

綾先輩なら同じ状況でも上手《うま》く打開するはず。なんたって完璧人間なんだから。

そう……完璧な……

「どうしたの？　早く言いなよ」

完璧な人間。それがみんなのイメージ。そのせいで綾先輩は潰れかけた。

綾先輩は確かに俺なんか比べ物にならないほど出来た人間だ。

でも、俺にとってはただの女の子なんだ。だったら男が女を盾《たて》にして逃げるなんてふざけたことが出来るかよ！

俺の返答は決まってる。

「誰が話すかよ‼」

生徒会《あそこ》だけは絶対に守る。それが無様な俺であっても、やらなければならないことだと思うから。

「ふーん、あっそう」

これ以上は時間の無駄だと思ったのか、つまらなそうにため息を吐くとスマホを取り出す。

まさか……

「なら無理矢理にでも教えてもらおっかな」

「やめなよ、秋葉」

俺よりも先に水原先輩が宮本先輩を止めた。

「舞、何で止めるの」

被害者の俺ですらなぜ止めたのか疑問が浮かぶ。

「さすがに気づかれちゃう。これ以上大きなことはしない方がいいよ」

「舞の言う通り。それに聞いたとしても生徒会長《あいつ》が従うとも思えないし」

「……それもそっか」

再び笑みをこぼし、スマホをポケットの中にしまう。

「そういえば二人共、今日はバイトが入ってるんじゃなかった？」

「げっ！　そうだった。また店長に怒られる」

「怒られるだけならいいじゃん。こっちは一日中それで小言言われるんだよ」

支度を済ませて早々に帰っていく諸星先輩と宮本先輩。

残された俺と水原先輩の間に沈黙がおり、穏やかな風が吹き通る。

何も言ってこないことを帰ってもよしと判断し、荷物を持って去ろうとするが、

「待ちなさい」

水原先輩に呼び止められてしまった。

しかし、俺は振り向きはしない。

「なんであんたさっきの断ったの？　言えば少なくともあんたは奴隷をやめられたのに」

「なんでって、そもそも単純に綾先輩の弱点なんて知らないですから」

嘘だ。だって俺に対する綾先輩の行動って明らかに知られたらまずいでしょ。

「あんた、あんだけ声張って拒否したじゃない。それは無理があるでしょ」

「……ただの女の子を守りたいと思ったから。それだけです」

これは紛れもない本音だ。

「もういいですか？　何にもないなら俺は帰りますよ」

背中を向けたまま歩き出そうとすると、水原先輩が行く手を阻《はば》んだ。

「ちょっとこれから付き合いなさいよ」

「付き合うって、一応生徒会で集まりがあるんですけど」

嘘は言ってない。ただ、すでに雫に参加しないとメールで伝えたことを意図的に明かさないだけで。

「どうせ秋葉に呼ばれた時点でその呼び出しもメールかなんかで誤魔化したんでしょ」

大正解です。見た目に反して鋭いですね。

「付き合いなさいよ。悪いようにはしないからさ」

「え、ちょ――」

返答を聞かずに俺の腕を摑んで無理やり連れていく水原先輩。

こんな場面を見られるわけにもいかない。

「つ、ついていきますから放してください！　こんなところ、見られると色々」

「こんなところって一体――」

立ち止まって視線を腕に落とすと、バッと手を離す。

「……さ、さっさと行くわよ！」

「は、はい……」

なんだ今の間は。と考えながらズカズカ進む水原先輩の後を追った。


「お疲れ様です」

生徒会室の扉を開けて普段通り第一声に挨拶をする。

「雫か。お疲れ様」

「お疲れ」

生徒会室には綾ちゃんと小毬さんがすでに待機していた。

他の二人はまだ来ていないのかな？

「二人ならまだ来ていないぞ」

顔に出ていたのか、質問する前に綾ちゃんが答えてくれた。

廉はともかく、姫華さんがまだ来ていないのは珍しい。

「二人が来るまで待つ？」

「あぁ」

なら少しばかり自由にさせてもらおう。

いつものように会計の席に荷物を置く。

深々と椅子に座り、背もたれに身を預けて鞄からスマホを取り出していじる。

画面を開くとメールが一件届いているようだ。

送信主は廉から。「急にバイトに行くことになったから今日は参加出来ない。ごめん」とのこと。

まぁ、一人暮らしなのだからお金が必要なのだろう。

そもそも、半ば強制的に生徒会の役員にしてしまったのだから廉の都合ぐらいは考慮しなければいけない。

「雫、どうしたの？」

右隣の書記の席で、相変わらずお菓子を食べている小毬さんが首を傾げている。

「いえ、廉からメールがあったみたいで」

「廉君？」

生徒会長の椅子に座っていた綾ちゃんが立ち上がり、私に近寄ってきた。

「ちょっと見せてくれないか？　内容が知りたい」

「うん」

と頷いてスマホを渡そうとしたが、すぐに腕を引っ込める。

危なかった。あまりに自然に頼まれたから渡しそうになった。

「……どうした？　なぜ見せない？　早くメールを見せてくれないか」

「私が全文読むよ」

「な！　それではメールアドレスがおっとなんでもない。さぁ、早くスマホを貸してくれ」

今ので貸す気はなくなったよ綾ちゃん。

「一瞬だけ貸してくれ！　それなら問題ないだろ⁉」

「校則をたった一日で全部完璧に覚えた人の言葉を信じられるわけないでしょ！」

いや、さすがに綾ちゃんでも一瞬だけでは覚えきれないとは思う。思いたいんだけど、廉が絡《から》んでいるとなれば話が別な気がしてくる。

「絶対見せないから！　廉がいいって言うまでアドレスは教えてあげない！」

「雫は意地悪だな！　今日だって廉君との甘美な時間を邪魔して！　ハッ、まさか、雫も
……」

「そんなわけないでしょ！」

いい加減、廉関係で暴走するのをやめてほしい。最近冗談抜きで栄養ドリンクと頭痛止めを

常備しようかと思ってるんだから。

「あらあら。楽しそうね。でも、もう少し静かにね。外にまで聞こえてたわよ」

優雅に生徒会室に入ってきた姫華さんが微笑ましく眺めている。

「あ、姫華」

「どうしたんだ？　今日はずいぶんと遅かったな」

「ちょっと用事があって」

姫華さんのおかげでスマホに向いていた綾ちゃんの気がそれてくれた。今のうちにロックして鞄の中に滑り込ませる。

「姫華さんも来たことだし、早く部活の視察に行こうよ！　今日はそのために集まってるんだから」

「あら？　廉君はいいの？」

「大丈夫です。メールがあって、今日はバイトで来れないみたいですし」

「そう……バイト、ね」

荷物を置いた姫華先輩は微笑んでいた。だけどその横顔はどこか冷たいと、なぜか思ってしまった。

「さ、行きましょうか姫華さん！」

違和感の理由よりも綾ちゃんの追及から逃げたい私は、姫華先輩の背中を押しながら足早に視察に向かう。

私の後を追って綾ちゃんと小毬さんもついてきてくれるけど、

「……メールの件はこれが終わったらじっくり話し合おうではないか」

私の苦労はまだ続きそう。

廉の都合も考えて、来れないのは仕方がないとさっき思ったばかりだけど。

「恨むわよ、廉」

誰にも聞こえない声で私は呟いた。


白蘭学園の最寄り駅から三駅先まで電車に揺られ、改札口を出るとビルやマンションなど高層の建物が首を動かさなくても三、四棟ほど目に入った。

改札口が地上ではなく、高所に設けられていることもあり、落下防止用の手すりから覗けば忙《せわ》しなく交差点を行き交う車や人の流れが手に取るように分かる。

「こっち。ついてきて」

ここまで来てしまったんだ、おとなしく水原先輩の後ろをついていくしかない。

「どこに行くんですか？」

「あそこ」

指差す先には大型のショッピングモールがドンと構えていた。

「少し歩くけどいいわよね」

目には見えるが少し遠くにある。

歩いて数分程度かかりそうだ。だが、日頃から歩いて通学している俺にとっては気にならない程度の距離。

「いいですよ」

俺の返事を聞くとショッピングモールへと向かう水原先輩。

俺もその後を追う。

信号機などでなかなか思う通りに進まなかったが、なんとか目的地には着いた。

やはり近くで見るとかなりでかい。

「それで、ここで何するんですか？」

入店してすぐに質問を投げると、人差し指を頬に当てて水原先輩はしばし考え込む。

「まずは服が見たいかな。男子の意見とか聞きたいし」

ど定番の服選びですか。しかし服装にこだわりのない俺に意見を聞くべきではない。

シンプルの代名詞といっていいほどに遊び心のない服を多く持っているからな。

「さ、行こ行こ」

駆け足でエスカレーターに乗る水原先輩。

俺もエスカレーターに乗って前を向くが、すぐに顔を背《そむ》けた。

少し揺れれば下着が見えそうなほど短いスカート。目のやり場に困る。

ふと視線を感じ、後ろを見ると、何人かの男性がスマホを操作したり、鞄の中を探しながらチラチラとこちらを気にしていた。

正確にはスカートの中を覗こうとしていた。

下手な演技に思わずため息を吐きながら。さっと水原先輩に近づいていやらしい視線を遮る。

再度後ろを振り向いてみると、野郎どもは視線をそらす。

「ちょっと、何急に近づいてんのよ。もしかして、お尻でも触る気？」

「違いますよ」

ジト目で睨まれるが俺は即答して視線をそらす。

「冗談よ。そんなすぐに答えなくてもいいじゃない。……がとう」

最後の方は何を言ったのか聞き取れない。

何と言ったのか聞き返そうと思ったが、その前に二階に着いた水原先輩はぴょんとエスカレーターから降りた。

まぁ、無理して聞く必要もないでしょ。

俺も同じくエスカレーターを降りて、二人で服屋へと向かった。

「あ、これ可愛い！」

何かお気に入りの服を見つけたのか駆け足で俺から離れる。

見るからに今時の女子高生の水原先輩だ。

ズボンではなくパンツと言ったり、聞いたこともない横文字のファッション用語を常日頃から使っているに違いない。

そんな彼女がどんな服を選ぶのか。

「ねぇ！　これ可愛くない？」

広げて見せられた服を俺はまじまじと観察した。

ピンクを基調としたTシャツのど真ん中にはウィンクした可愛らしい熊……そしてその周りを囲むように筆文字で書かれた〝野生爆発〟の四文字。

はっきり言おう。ダサい！

ダサすぎる！　え、女子高生はこんなのを可愛いって着るの？　いや待て、俺はファッションには疎《うと》い。もしかしたらこれが今の流行《はや》りで大ヒットしてるのでは？

などと必死に自分を納得させようとしたが、水原先輩が服を引っ張り出してきたワゴンの中が視界に入った。

在庫処分のポップが貼られ、乱雑に置かれている服は半額以下になっている。しかも七、八割がその熊のTシャツの色違い。

ワゴンの隙間《すきま》から愛らしい熊ちゃんが「俺を、買え‼」と訴えかけている。俺にはそう感じ取れた。

「どう？　可愛いよね！」

そんなキラキラした目で期待されては「ダサいですよ先輩」なんて言えるかよ！

「か、可愛いですね」

「だよねだよね！　そう思うよね！」

意外な光景を目の当たりにして頭が痛い。

絶望的なファッションセンス。もしこれがいつも通りならば、普段の服装は一体……

「じゃ、これ買ってこ」

と言いながらそのTシャツの色違いを次々と手に取っていく。

最終的にその熊ちゃんTシャツを全色網羅《もうら》してしまった。

先輩正気ですか。

「後は……」

まだ続けるのか!?　出来ればこれ以上のものを発掘しないでくれ。

「えーと」

おもむろにスマホを取り出して何かを調べ始めた。

十中八九、服についてなのだろうが。

そして求めていた情報が手に入ったのか、ツカツカと歩きながら目配りする。

「あ、すいません！」

近くで服を畳んでいた店員にスマホの画面を見せてどこにあるのかと聞く。

店員は笑顔で水原先輩と俺をその商品がある棚に促し、一礼してから作業に戻った。

「あってよかった」

そう言ってブラウス、だったかな？　それを手に取って体に宛てがい、サイズを確認する。

よかった、普通の服も買うんだ。

でも、Tシャツを買っていた時に見せた太陽のような笑顔ではなく、今は安堵した表情だった。

その後もスマホ片手に服を探した水原先輩に付き合うこと一時間。

品定めを終えた水原先輩と一緒にレジカウンターに向かう。

レジには次々とそれらの服の値段が表示されるが、悲しいかな。カラーバリエーションが豊富だった動物戦隊クマチャンジャーが集まってようやくブラウス一着の値段になる。

別にブラウスが高いわけじゃない、クマチャンジャーが八割引きされたのだ。

「何ぼーっと突っ立ってんのよ」

会計を済ませた水原先輩が紙袋を一つ持って戻ってきた。

「別になんでもないです」

そう言って俺は手を前に出す。

どうせ、荷物待ちのために連れてこられたんだ。命令される前に行動した方が色々言われなくて済む。

「……何してんの？」

水原先輩は不思議そうな顔をして俺の横を通り過ぎる。

あれ？　荷物持ちじゃ。

すでに店を出た水原先輩のもとに駆け寄る。

「あの、俺荷物持ちじゃ」

振り返って、小首を傾げられた。

「なんで？　買い物に付き合ってもらってるんだし、守谷が荷物持ちはおかしいでしょ」

と、当たり前のように言う。いや、ある意味当たり前のことなんだけど。

「……他の人から見たら女に荷物持たせて、男が何も持ってないって、体裁《ていさい》が悪いんで持たせてください」

「そう？　じゃ、お願い」

水原先輩から紙袋を受け取る。

なぜだろうか。宮本先輩と諸星先輩に会うのは嫌だし、関わりたくない。もちろん水原先輩からメールが来た時は同じ気持ちを抱いた。

でも、こうしていると悪い人ではないんじゃないかと思えてしまう。

いや、弱みを握られてはいるんだけど。

「ほらほら。次はゲーセン。時間はあまりないんだから」

駆け足でゲームコーナーに向かっていく姿に少し温かい気持ちになりながら、後に続く。

特有のゲームのBGMが入り混じった音が聞こえると、無意識に心が躍った。

ゲームコーナーに着き、多種のゲーム機が目に映る。

格ゲーやガンシューティング、定番のUFOキャッチャーがずらりと並び、奥にはメダルゲームの数々が設置されていた。

「守谷行くよ！」

水原先輩も気持ちが昂《たか》ぶっているようで、声が大きくなっている。

真っ先にUFOキャッチャーが並ぶ一角に足を踏み入れ、品定めを始めた。

何を取ろうか迷っているのか、はたまた取りやすいものを探しているのか、いくつも観察している。

俺は決まるまで待っていようと思ったが、近くにあったUFOキャッチャーの景品が目にとまった。

深夜アニメの美少女キャラがフィギュアとなっている。

確かこのキャラは卓也が好きだったよな。

そういえば以前、この手のゲームが得意と言ったら教室で懇願してきたな。

もしかして、これを取ってほしかったのか？

暇だしやるか。と遊び程度に考え、フィギュアの配置を確認する。

外箱のサイズギリギリに二本の棒があり、その棒の橋渡しとなっている景品。

挑戦者に易々《やすやす》と景品を獲得させてなるものかと、棒には滑り止めがつけられていた。

まぁ、攻略方法は知っている。

一発で取ろうとするのではなく、少しずつ動かして取る。

百円玉を投入すると、かかっていたBGMが変化。それに伴って手元のボタンが光りだす。

右矢印のボタンを押して開いた時に右アームが箱をギリギリ摑める位置まで動かす。

次に斜めから見て奥行きを確認し、上矢印のボタンを押して箱の一番手前を狙う。

理想通りの動きで箱を摑み上昇していく。もちろん一発で取るつもりもないので、動いてくれれば及第て——

「ん？」

手前が動くまでは計画通り。しかし、思いの外《ほか》箱が回転し、そのまま取り出し口にシュート。

取り出して景品をまじまじと眺める。

店側に対して一言。……なんかごめん。

うしろめたさから余分にプレイしようとは思ったが、それでは情けをかけているようなので、今度も真剣に取り組もう。

別の台で再度硬貨を投下する。

「……俺は悪くねぇ」

景品を取り出し口から出しながらそう呟く。

最初の百円玉投入。アーム動かす。箱摑む。箱浮かす。イレギュラーな動きをする。取り出し口にシュート。なんだこれ。

そして俺のバカ。なぜまた同じ景品の台を選んだ。

幸いにも、なぜか個数に制限をかけられていなかったため、店側から何か言われたりしないだろう。

一つは卓也に渡せばいいが、問題はもう一つ。

そもそもこの作品を視聴したことがない俺が持ってても意味がない。

……視線を感じる。

横に目をやると水原先輩がじーっと俺を見つめていた。

美少女ものフィギュアを持っているんだ。キモいなどの、罵声《ばせい》を浴びせられるに違いない。

と思ったが、ずっと黙って見ている。

それに視線の先はどうやら俺ではないよう。

箱を左に動かしてみた。視線が左に動く。

右にずらす。視線が右に向く。

上げてみた。上目遣いに口がポカンと開いた。

俺の顔の横に近づける。俺と目が合って赤面した。

「……先輩。これ――」

「し、知らないわ！　ラブコメだけど時には感動させられるアニメのヒロインで。明るいキャラけど実は親がいないことを寂《さび》しいと感じてるとか。キャラ投票で一位とか。あたしのお気に入りとか、全然知らないから！」

お、おぅ。現実世界でここまで嘘が下手くそな人っているんだ。

しかも最後に関しては情報じゃなくて主観なんですが。

「……いります？」

「……うん」

そこは素直なんですね。

近くにご自由にお取りくださいと書かれた札と一緒にビニール袋が置いてあったので、一枚貰って景品を入れる。

それを水原先輩に渡し、俺はもう一つを鞄にしまう。

少し箱が小さいのと、使っている鞄が大きめということもあり、すんなりと収まった。

しばらく沈黙が続くと辛抱《しんぼう》しきれなくなったのか、水原先輩が口を開く。

「の、喉渇いたわね。フードコーナーに行かない？」

確かに喉も渇いたし、小腹も空《す》いた。その提案には賛成。

「そうですね」

そう返して水原先輩と一緒にゲームコーナーを後にし、フードコーナーに向かった。

すぐに空いている席を見つけたので、そこに荷物を置く。

「飲み物買ってきますけど、何がいいですか？」

「オレンジジュース」

要望を聞き、近くの店へ。

幸い列は出来ていなかった。すぐに注文することが出来、五分も経たないうちに注文の品が俺の前に出される。

飲み物が入った紙コップを受け取り、席に戻るが水原先輩の姿がない。

辺りを見回すと別の店で何か注文をしている水原先輩を見つけた。

一応用心のために俺は椅子に座って水原先輩を待つ。

五分後。両手にクレープを持った水原先輩が戻ってくる。

「ゴメンゴメン。急に食べたくなっちゃって」

と言って席に座り、俺に一個差し出す。

「適当に買ってきたけど、甘いのは大丈夫？」

「ええ、まぁ」

それを受け取り、すぐにお金を出そうとしたが、水原先輩が手を前に出して待てのポーズをした。

「クレープはあたしの奢《おご》り」

本日何度目の驚きか。まさか奢りとは。

「いや、さすがにそれは……」

「なら、ジュース代は全部守谷が持つ。それでいいでしょ」

明らかにそっちの方が値段高いと思うんですが。

でもまぁ、お言葉に甘えさせてもらおうか。

「んー、おいひい」

クレープを頬張り、顔を綻《ほころ》ばせ、頬に手を当てている。

俺もクレープを一口。

クリームのしつこくない甘さと苺《いちご》の酸味がベストマッチ。

「おいしい」

「よかった」

しばしクレープに舌鼓《したつづみ》を打つ。あっという間にお互い平らげ、買っていたジュースで一服。

余韻に浸《ひた》った。

それを見計らったかのように水原先輩が切り出す。

「あのさ、聞きたいことがあるんだけど」

俺の体がピクリと動く。

「……卓也のことなら昼休みに話しましたよね」

「じゃなくて、その……」

言いづらそうに顔をうつむかせた水原先輩。

卓也以外のことは見当がつかず、その続きを言うまで俺は待った。

「……花田さん、昨日どんな様子だった？」

はなだ？　はなだ、ハナダ、鼻だ……あぁ、花田さん。昨日綾先輩が読ませてもらった漫画の作者を卓也がそう呼んでたっけ。

……いやいやいやいや。おかしいでしょ。なんでこの人が心配してるんだよ。

「あなたが心配するのはおかしくないですか？　あんな酷いことをしておい――」

言い切るより先に脳裏に昨日の出来事が鮮明に映る。

あの時、水原先輩は作品に対しては何もしていなかったような。

「まぁいいです。泣いてましたよ。少なくとも俺が部室を出る時まで。そりゃ目の前であんなことされれば誰だって悔しいですよ」

ここは後ろには下がらない。あれに関しては部外者の俺でも頭にきていたんだ。

さて、水原先輩はどんな態度を取るのか。

「だよね、やっぱり。あれはやりすぎだったな」

消え入りそうな声で自分自信を責めるように呟いている。

今日一緒に過ごしていた水原先輩と同一人物とは思えないほど弱々しい。

「部長はあたしをどうするって言ってた？　大体予想はついてるけど」

そんなの退部だろう。そう思ったが、俺の頭の中にある疑問が浮かんだ。

水原先輩は現部員だが途中から部活に来なくなった。だけど、卓也が入部したことであからさまに卓也狙いで来るようになった。それによって、部内の雰囲気が最悪なのは昨日の時点で分かっている。

なのになぜ〝今まで退部させなかったのか〟。

今まで我慢していたのか？　それで今回特に悪質だったから退部させようとしている？　だけどそれだと矛盾《むじゅん》が。だって竹村先輩は……

「竹村先輩は、まだ退部させないと言ってました」

俺の答えに水原先輩は黙ってしまう。

俺が部室を出た直後に聞いたあの言い争い。水原先輩の退部を望む声の中に一人だけ反対の声を上げていた。

その声の主《ぬし》は竹村先輩。

「水原先輩、最初はみんなと仲よかったんですよね？　でも、ある日から部活に来なくなったって。もしかしたら竹村先輩は、水原先輩とみんなをまた以前のような関係に戻したいと――」

その瞬間、テーブルが強く叩かれると共に激しく揺れ、上に乗っていたコップは倒れ、オレンジジュースの溜まりを作る。

「なんでよ……なんでなの」

その上に水の雫がいくつも落ちて波紋が浮かぶ。

「どうして、部長は、あたしなんかを……あたしさえいなくなれば、全部終わるのに。あたしを、辞めさせれば、いいじゃんか」

どうして水原先輩は辞めることを望んでいるのか。どうして彼女はこんなにも辛そうにしているのか。

分からない。俺には分からない。何を言えば正解なのだろう。もしかしたら正解なんてないのかも。

なら俺に出来ることは。

右ポケットにしまっていたハンカチを水原先輩にそっと渡す。

「ありがとう」

それで目元を拭《ぬぐ》い、俺に返す。

「変なの。あたしは弱みを握って好き放題やってるのに、そんなあたしにあんたはなんで優しく出来るのよ」

「分かりません。でも、先輩がそこまで悪い人だと思えなくなっちゃったんで」

だって先輩は、一度もあの写真を使って脅してこないから。

「何それ、ほんっとバカ」

と言って微笑んでいる。

「あーあ……なんか泣いたら疲れた。もう帰ろっか」

こぼれたジュースをティッシュで拭《ふ》き取り、ゴミを片づけ、来た時と同じ形に戻して俺達は駅に向かった。

駅に着くまで会話は一つもなかったが、水原先輩はスッキリした表情だった。

駅に着くと、すぐに俺達の乗る電車がやってくる。

乗車すると人はさほど多くはなく、二人が座るには十分に席が空いていたので遠慮なく座った。

本当に昨日今日で色々あったたな。体感的には一週間経ったのではと思えるくらいに内容が濃い。

向かいの車窓から見える景色を眺めながらボーッとしていると、肩に重みを感じる。

右を見ると疲れてしまった水原先輩の寝顔があった。

香水をつけているのか甘い香りが鼻腔《びこう》をくすぐる。

可愛らしい寝顔に甘い香り。若干ドキドキしてしまった。

宮本先輩と諸星先輩は化粧で可愛いを作っているように感じたが、水原先輩はナチュラルメイクというのか。元々がかなり整っている。見た目だけで競えば生徒会のメンバーとも引けを取らない。

まぁ、あのカリスマ性は誰も超えられないよな。

……でも中身がなぁー。

綾先輩はストーカーだし、姫華先輩は女王様だし、小野寺先輩は小動物だし、雫は女神だし。

「んっ……ぅん」

俺の心情などつゆ知らずの眠り姫様は気持ち良さそうにまだ眠っていらっしゃる。

こんな気持ち良さそうに眠っている人を起こすのは心が痛むから出来ればしたくないんだけど。

しかし、車内アナウンスは俺の降りる駅の名前を告げている。

「水原先輩、起きてください」

肩を揺すって声をかけると目をこすりながら目を覚ました。

「ん？　どうしたの？」

あくびをしてから伸びをする水原先輩。

「いや、もう降りる駅なんですけど」

次の停車駅に近づいたことで再度アナウンスがその駅名を告げる。

「あー、あたしもう一つ先の駅だから気にしないで。起こしてくれてありがと」

感謝されると同時に電車は停止。扉が開く。

「じゃ、また明日ね」

手を小さく振っている。

「は、はい。また明日」

見送られながら俺は下車して車窓の奥にいる水原先輩を見た。

未だに俺に手を振ってくれている。

俺も返すように気恥ずかしさを覚えながら手を振って、電車が次の駅に向かって走るのを見届けた。

電車が見えなくなり、俺は改札口を出る。

クレープも食べたし、今日の晩飯は抑えめにしよう。

あ、フィギュアはどうしようか。

卓也にメールで聞いて、欲しそうなら明日の帰りに寄ってもらってそれから……

などと考えているとトントンと右肩を叩かれる。

誰かと思い振り向くと、何かが俺の頬をムニッと刺す。

「あらあら。こんな手に引っかかっちゃうなんて、廉君は可愛いわね」

顔はまだ見えていないが、この声、この喋《しゃべ》り方、そしてこの「あらあら」の使い方。もしかしなくても。

冷えていく体。嫌な汗。早鐘を打つ心臓。この三点で俺が恐怖しているのが分かる。が、振り向くしかない。

頬に当たっていた指らしきものが離れてから勢いよく振り向く。

そこには案の定ニコニコと笑った姫華先輩がいた。

「ひ、姫華先輩。奇遇ですね」

「ええ、本当に奇遇ね」

「こんな時間ですけど、生徒会で何かあったんですか？」

「ううん、生徒会は昨日と同じくらいの時間に終わったわよ。ただ、私的なことで残ってただけ。それにしても廉君、今日はバイトがあるって聞いていたのに、なんでまだ制服姿なのかしら？　廉君の家、そんなに遠くないって聞いてたんだけど」

姫華先輩が一歩前に出るので、俺は一歩後ろに下がる。

「いや、その。言いづらいんですけど、ま、前々から友人との約束があって。本当はそれに付き合ってて」

「そうね、お友達との約束は大事よね。で、お友達はどこに？」

兇向すことすらせず直接俺に聞いてくるあたり、疑っているのだろう。

「そいつ電車通いなんで、そのまま電車に乗って帰りました」

嘘は言ってない分スラスラと質問に返せる。少しは疑念はなくなったか？

「そうなの……。その子は男の子？」

「もちろん」

この時の俺になぜここで性別を誤魔化す必要があったのか聞きたい。

「……ふーん」

いつかの購買で見せたあの冷たい視線が再び俺に注がれている。

「ねぇ、廉君。何であなたの右肩からだけ香水の香りがするの？」

あぁ、浮気の証拠を突きつけられていく男性ってこんな気持ちなんだ。

「そ、それは多分友人がつけてたやつで」

「ううん。この香りは女の子がつけるような甘い香りよ」

「じ、女子も一緒だったんで」

「さっき『そいつ』って言ってたんだから一人だけよね？　他の人が帰ったとも言ってないし」

一つずつ嘘を潰され、姫華先輩の表情から笑みが失われていく。

「え、いや、その」

ここで「分からない」「隣の女性がウトウトしていた」などと返していればもしかしたら疑われなかったのかもしれないが、それほど俺の頭にキレはなかった。

もう何を言っても疑念しか生まないだろう。

「廉君。もしかしてだけど、私達に何か隠し事でもしてるの？」

とうとう避けたかった質問が投げかけられた。

「オレガカクシゴトナンカスルワケナイデスヨ」

動揺しすぎて悲しいほど抑揚《よくよう》のない棒読みっぷり。

これは自分でも笑ってしまいそう。

「……そうよね。廉君が隠し事をするわけないわよね」

と、大根役者も甚《はなは》だしい誤魔化しでもあっさりと信じてしまった。

笑顔になった姫華先輩を見ると良心が痛い。

昨日もそうだが、この人は他人を信じすぎなのでは？

「そ、そうですよ。俺がそんな隠し事なんて」

「でも、もし嘘ついていてたら……」

「ついてたら？」

「お仕置きとして私のお願い一つ聞いてもらおうかしら」

あら可愛いですね。出来れば生徒の前で公開躾をするほどドSなことを知る前に聞きたかったです。

この状況でのお仕置きの内容がお願いなんて、悪魔の甘い囁きと変わらない。

「あ、心配しなくてもいいわよ。金品に要求しないから」

むしろその方がありがた――いや、俺の嘘にヘリを飛ばそうとしていた人だ。

要求されれば、「サッカーやろうぜ！」と言いながら交代要員を含めた人数分、俺の財布から諭吉《ゆきち》さんが出かけてしまう。

マネージャーの一葉《いちよう》さんと後輩の英世《ひでよ》君もついていくに違いない。

「ち、ちなみに何ですが。お願いの内容は」

「……あらー」

そんな万能返答みたいに「あらー」を使っちゃダメです。

「そんなに怖い顔しないで。あら？ もうこんな時間。ごめんなさい、私この後用事があるので」

時計を確認してからペコリと頭を下げて、駆け足で帰っていく姫華先輩。

嵐は去った。今までの緊張を表すほど大きな息を吐く。

「助かった」

自然と肩を落とし、主に精神的な疲れを感じながら俺も帰路につく。

自宅に到着してすぐに荷物を置き、卓也宛にメールで「フィギュア欲しいか？」と、写真を添付して送信。

五分も経たないうちに卓也から「あなたは神か！」と崇拝メールが届いたので、「明日帰りに取りに来い」と素っ気なく返す。

今度は一分もしないで「ＯＫ」の二文字と腹立たしい顔文字のメールが送られてきた。

これでフィギュアは消化。

この後はただ軽く飯を食って、淡々と時間を潰しただけなので省略。

時刻は夜の十一時。もうそろそろ寝るかと、電気を消して布団に潜《もぐ》る。

明日もまた脅《おど》されるのだろうけど、水原先輩がいるなら少しは気持ちが楽だ。

そんなことを考えて瞼《まぶた》を閉じた。


いつもと変わらない朝を迎えた。

しかし、昨日よりかは気持ちに余裕が出来てる気がする。

「よし！　行くか」

朝食と着替えを済ませ、扉を開ける。

気持ちのいい朝だ。

「やぁ廉君おはよう」

「おはようございます」

いつものように途中で待ち伏せていた綾先輩のご登場。

とりあえず返すものは返しておこう。

「すいません。昨日は弁当箱持ってくるの忘れて。一応二つ共持ってきたんですが、邪魔ですかね？」

「構わない。渡してくれ」

断りを入れて二つの弁当箱を渡す。

「すまない。予備の弁当箱がなかったから今日は作れていないんだ」

「気にしないでください。別に作ってくれなくてもいいですし」

「いや、今のうちに夫の好みの味付けを覚えておくのは妻として当然のこと、だろ？」

優しく微笑んで、いい話風にしても俺は騙《だま》されませんよー。

「……ところで、この弁当箱は未洗浄か？」

「期待の眼差《まなざ》しで未洗浄の可能性があるとなぜ思えるんですか？」

相変わらずのテンションに辟易《へきえき》していると、綾先輩が横で俺の顔を注視していた。

「よかった、いつもの廉君だ」

「いつもの？」

「一昨日生徒会室に君が戻ってきてから様子が変だったんでな。何か悩んでいたのではないか？」

よく見ていらっしゃる。全てではないが、生徒会長にはお見通しだったらしい。

「だとしたら、なんで何も言わなかったんですか？」

「君が私達に相談なしに黙って行動するのはよっぽどのことなんだろう。なら君から打ち明けてくれるまで待っていようとそう思っただけだ。無論、危うそうだったら無理矢理にでも吐かせようとはしていた。生徒会の仲間が弱っている姿を見たい者など、あの中には誰もいないのだからな」

普段俺の前では暴走っぷりを発揮しているのに、こんな場面で生徒会長らしいことを言うのはズルい。

「そしていつか私に、内に秘めた思いを君は打ち明けてくれるはずだ。そう！　『俺と結婚してください』の十文字を！」

「『感動を返してください』の十文字なら今伝えます」

なんで最後の最後で暴走するんだこの人。

……でもありがとうございます。おかげで少しばかりの勇気が生まれました綾先輩。

「綾先輩。今日の放課後ってまた集まりますよね？」

「そうだが、また用事か？」

「まぁ、そんなところです。でも遅れるだけですから」

「そうか……なら君を待とう。そこで私達に伝えたいことでもあるんだろ？」

「よく分かりましたね」

「当たり前だ。廉君のことだからな」

悪い意味でこの人は俺のことを知っている。でも、良い意味でもこの人は俺のことを知っているんだ。

「おっと、学校が見えてきたな。それでは廉君。また放課後」

「はい」

小走りで校門をくぐっていく生徒会長を見届ける。

もう迷いはない。今の俺にはそれをぶつける勇気も出来た。

もしかしたら……じゃないな。確実に俺の考えを知られれば綾先輩達は必死になって止める。

でも、俺はこんなことしか思いつかない。

俺はスマホを取り出して水原先輩達宛にメールを一斉送信してから門を通った。


放課後。俺は屋上へと向かう。

昼休み中、諸星先輩と宮本先輩から引っ切り無しにメールが来ていたようだが、わざと電源を切っていた俺がそれを知るのはホームルームが終わってからだった。

水原先輩からは何も返信はない。

扉の前で一度深呼吸をしてからノブに手を掛け、勢い良く開けた。

想像通り眉間にシワを寄せる諸星先輩と宮本先輩の姿が。

水原先輩は俯《うつむ》きがちにベンチに座っていた。

「今朝のメール。何のつもり？」

今朝のメールとは三人に共通して送ったもの。

内容は、放課後に屋上に来てください。ただそれだけ。

「あんた、何私達に命令してるの？　しかもメールガン無視とかありえないんですけど」

詰め寄られるが恐怖はない。

「先輩……俺、伝えたいことがあるんです」

「は？」

二人を睨みながら俺は大きく息を吸い込む。

「俺は、あんた達の奴隷じゃねぇ‼　写真も勝手にしろ‼」

……言った、言ってやったぞ。

ははっ、諸星先輩も宮本先輩も、さっきまで俯いていた水原先輩も鳩が豆鉄砲食らったみたいな顔してやがる。

「あんた、ねぇ」

思い通りにならずに怒りを露《あらわ》にする諸星先輩と宮本先輩。

「二人共……もう、やめよ」

水原先輩が立ち上がって二人を止めようとしている。

「やめるって、何を？」

仲間であるはずの水原先輩に敵意を向ける二人。

「もう守谷を脅すのやめよ？　これ以上は意味ないよ」

「舞、元々はあんたがチンタラ回りくどいのが悪いんだからね！」

「卓也君と仲良くなるために、あそこの部員だったあんたに頼んだのに」

「あたしは、元々お願いを聞くつもりは――」

「何？　香織《かおり》のお願い聞けないの？」

と、裏事情が俺の前で暴露され、二人に追い込まれている水原先輩は震えていた。

卓也が目的だとは知っていたが、それは本人達が卓也を好きだからだと思っていた。

しかし、話を聞く限りでは香織という人の頼みで、水原先輩自身は乗り気ではなかった？

「はぁ、舞がちゃんと取り持ってくれれば、あんなキモい集団のいる部室に何回も行かなくて済んだのに」

「本当、なくなればいいのにあんな部活」

「……でよ」

スカートを力強く掴んでいる水原先輩。

「何か言った？」

「あそこを悪く言わないでよ‼」

仲間だった二人を睨みつけ、怒声をあげた。

一方の二人は明らかに嫌な表情を浮かばせ、鬱陶《うっとう》しそうにしている。

「何ムキになってるの。……まぁ、いいや。とりあえず、あんたは後。先にこいつ何とかしよ」

水原先輩から視線を外してまた俺を睨んでくる。

「そうね……。ねぇ、奴隷君。いいの本当に？　ばらまいちゃうよ？」

確認するように尋ねられるが返答は決まっている。

「勝手にしてください」

「そんなことしたら、あんただけじゃなくて、生徒会にも迷惑がかかると思わないの？　ま、私達は全然いいんだけど」

「別にいいですよ。だって……」

今朝から覚悟は決まってる。

「俺は生徒会を辞めるつもりなんだからな！　まだ入って一週間も経ってないけど！　……なんて、言ったら私は怒るわよ」

セリフを奪われてしまい、開いた口をそのままに振り向く。

そこには金色の長い髪を風になびかせる……女王様!?　じゃなかった。姫華先輩《女王様》!?　あ、変なルビが。

「あらあら。廉君どうしたの？　鳩が豆鉄砲食らったみたいな顔をして」

「え、いや、その、え？　何で姫華先輩が？」

もしや綾先輩達も⁉

「安心して。私だけよ」

「ちょっと！　南条《なんじょう》がなんでこんな所にいるのよ！」

今にも摑み掛からんばかりの諸星先輩だったが、姫華先輩のあの冷たい目――いや、あの時よりも遥《はる》かに冷たく、敵意を含んだ視線に捉《とら》えられ、それ以上こちらに近寄ろうとはしない。

「なんで？　白蘭学園の生徒なのにそんなことも分からないほどおバカさんなのかしら？」

姫華先輩が一歩近づけば、諸星先輩と宮本先輩が一歩退《しりぞ》く。

そんなやり取りが数歩と続き、姫華先輩は俺の真横で止まった。

「生徒会の仲間が酷い目に遭《あ》っているのを、これ以上見過ごすわけにはいかないから決まってるじゃない！」

声量があったわけでもないが、それを十分に補えるほど凄《すさ》まじい気迫。

「だ、だから何よ。こっちには写真だってね」

切り札とばかりに例の写真を見せるが、姫華先輩はそれを嘲笑《あざわら》う。

「そんな写真。よく確認すればすぐに意図的に撮られたものって分かるわよ？　そうなれば、逆にあなた達の立場が悪くなるんじゃない？」

「そ、そんなの。どう判断するかはみんなと――」

嘘か真《まこと》か、信じるか信じないかはそれを見た個人による判断だ。たとえ嘘でも、真実だと思われてしまえば結果は同じ。

なのに姫華先輩はまだ笑っていた。

「いいのかしら、もしそんなことをしたら」

スッとポケットからスマホを取り出し、ある画像を開きながら二人に向けて見せた。

俺も覗き込むようにその画像を見た。

そこには一人の女子生徒が……あのー、そのー、えっと……ダメだ！　この表情はどう頑張っても伏せ字必須《ひっす》の言葉を使わなければいけない！　そもそも何をどうされたらこんな表情になるんだ。

「か、香織！」

えぇぇぇぇぇ!?　さっき言ってた香織って人かよ！

「この子もこの件に絡んでるみたいだったから昨日お仕置きしておいたわ。次はあなた達がこんな姿になるのよ？　嫌よね？」

画像を見せられ、戦意喪失の二人は姫華先輩に怯《おび》えきってしまっている。

「こんな姿になりたくなかったら今すぐスマホを渡しなさい。パスワードも教えてね」

高速で頷いてスマホを渡す諸星先輩と宮本先輩。

受け取ったスマホを開いて、初期化してから二人に返す。

被害者の俺だが、データ全削除はえげつない。

「二度と廉君には近づかないでね。あと、あの写真の保存データなんて持ってたら……フフフ」

悪魔のような微笑。顔を青くして逃げるように二人は屋上から去っていった。

「さて、残ってるのは」

姫華先輩が次のターゲットに照準を合わせる。

怯えた表情の水原先輩。しかし、その中に覚悟も含んでいるように見えた。

咄嗟に俺は二人の間に割って入った。

「あらあら。何してるの廉君？　その子にもお仕置きしないと」

「み、水原先輩は関係ないです」

「あら？　でも昨日ここでさっきの二人と一緒にいたわよね？　昼休みにも、放課後にも」

くそっ、昨日の現場を見られてたのか。でも、この人はあの二人とは違うんだ。

「水原先輩には脅されてなんかいません！」

「でも、写真を持ってるなら同罪よ。さ、スマホを見せなさい」

後ろにいる水原先輩は俺を退《ど》かして、ポケットから出したスマホを渡す。

それを受け取った姫華先輩は操作を始める。

「……あら」

姫華先輩はスマホをそっと水原先輩に返す。

「ごめんなさい、疑って。写真はどこにもなかったわ」

「え？」

「当たり前。だって送られてきた日にすぐ消したんだから」

よ……よかったー。

力が抜けすぎて尻餅《しりもち》をつく。その姿を姫華先輩はクスクス笑って見ている。

「本当に、廉君は可愛いわね」

「男として、それは褒《ほ》め言葉じゃないです」

でも、本当によかった。水原先輩は、根は悪い人じゃなかったことが素直に嬉しい。

「本当に、あんたって優しいというのか、お人好しというのか。一昨日《おととい》だってあんな誘いにすぐのっちゃってさ」

「あ、あれは、卓也が困ってたからで」

「そう……ならもう安心しなよ。あたしはもうあの部には近寄らないからさ」

そう言う水原先輩の顔は安堵しているようにも、寂しそうにも思える。

本当は水原先輩も、卓也や竹村先輩と同じくらい、あの部が……

「水原先輩。ちょっと来てください」

「何よ、もうあんたと関係ない――」

「いいから来てください！」

俺は有無《うむ》を言わさず、手を引っ張ってアニメ研究会に向かった。

水原先輩が何を言っても、俺は聞いてないフリをして突き進む。

姫華先輩も俺の隣に並んでついてきてくれた。

俺が何をしようとしているのか分かっているのだろう。

「ちょっと、あんたここ」

アニメ研究会の部室前に着くと水原先輩は抗議しようとするが、中に聞こえないようにしているからか声が小さい。

「すいませーん！」

「ちょっとあんた何やってるのよ⁉」

扉を開けた途端に猛烈に抵抗されるが放さない。

部室には一昨日と同じメンバーが揃っている。

「廉、なんだ急に……もしかして入部希望か⁉」

「少年のようにキラキラ目を光らせてるとこ悪いが違う。今日は人を連れてきた」

「人？」

すでに抵抗を諦めた水原先輩が見えないように俺の後ろに隠れている。

が、俺の背後を背伸びして覗き込んだ卓也に呆気《あっけ》なく見つかった。

「水原先輩⁉」

「え、水原さん?」「水原だって?」

「ちょっといいかな」

ざわつく部員の中から部長の竹村先輩が前へと出る。

「水原さん。こっちに来てくれ」

真剣な眼差しで俺の後ろにいるであろう水原先輩を諭《さと》すように訴えかけると、彼女も隠れるのをやめて姿を現した。

「ど、どうも……」

「なんで、ここに」「また三島か?」「いい加減にしてほしい」

あえて聞かせようとしているのか、部員達の会話の内容がここまで聞こえる。

「水原さ――」

「今日はそのっ、退部することを伝えに来ただけだから! あたしが辞めた方がいいってみんな思ってるでしょ? だからあたしは――」

「水原さん!」

竹村先輩の怒号が水原先輩の声をかき消す。

「君がなんと言おうと君はこの部の部員だ。君が退部したとしても、自分はそう思い続ける」

初めの頼りなさそうだった印象からは想像出来ないほど頼り甲斐のある竹村先輩の姿が、綾先輩の姿と重なった。

「竹村先輩……でもあたし」

でもでもだってと本当は戻りたいくせに何かと理由をつけてしりごみしているので、ここは俺が背中を押してあげよう。

「水原先輩は今でもアニメ好きですよね？　だって昨日『あなたのハート（物理的に）いただいちゃうぞ！』のフィギュア欲しがってたじゃないですか」

水原先輩の顔が赤くなるのを確認。

爆発まで、三……二……一……

「タイトル言わないでよ！　恥ずかしいじゃない！」

胸ぐらを摑まれ涙目で睨まれるが、ハハッと笑い飛ばす。

「先輩もあのアニメ好きなんですか⁉」

「え？」

よし、食いついた。

卓也なら話に入ってくると信じてたぜ。

「俺も好きなんです！　良かったら今度時間があったらここで語りましょう！」

「え、う、うん」

「おい三嶋。あまり水原と関わるんじゃない」

水原先輩が困惑していると、部員の誰かが忠告する。

が、卓也は不思議そうな顔で聞き返す。

「なんでですか？」

「なんでって、三島なら分かるだろ？　今回の件で一番迷惑をかけられたんだからさ」

水原先輩は俯いてしまうが、一方の卓也は気にしていない。

「確かにちょっと苦手だなとは思ってましたけど、でも今の水原先輩は全然そんな風には思えません。それに何より、俺が最も信頼してる廉がこうして連れてきたんですから間違いなく良い人です！」

おいおい、よせやい。そんなに褒めてもフィギュアしか出せないぞ。

「というか、俺が入部してすぐに話してたじゃないですか。『最近来ていないけど、水原っていう絵が上手《うま》くて、みんなと仲が良い人がいる』って。それで『そいつがまた来るのを待ってる』って」

その言葉に目を丸くした水原先輩に見つめられて、部員達はバツが悪そうにしている。

「水原さん。君に何があったかは知らない。でも、自分達はずっと君が戻ってくるのを待ってたんだ」

その言葉で水原先輩の目尻には涙が溜まっていく。

「ごめん、なさい。あたしが、バカで、ごめんなさい……時間が掛かると思うけど、あたし、またみんなと」

ようやく素直になった水原先輩が袖で涙を拭うと、一人の部員の前まで歩く。その人物はあの時の作者の女子だった。

「花田さん。作品をあんな風にしちゃって、ごめんなさい」

頭を深々と下げている水原先輩とそれを見下ろす花田さん。

「……許しません。あれは私が頑張って描いたものです」

「……だよね。ちゃんと罰は受ける」

「はい、もちろんです。ですから……私に絵のアドバイスをしてください」

思いもよらなかった返答だったらしく、水原先輩はすぐさま顔を上げた。

「私も水原先輩のことは聞いていたんです。絵が上手だって。だから会ったら絶対に読んでもらおうと思ってたんです」

花田さんは近くの机から紙の束を取ると、それを水原先輩に渡す。

一番最初のページにうっすらと靴の跡が残った、あの漫画の原稿だった。

「水原先輩。これから指導もですけど、一緒にお喋りしませんか？」

「……うん」

花田さん微笑みに、涙ぐみながら微笑みで返す水原先輩。

もう俺がここにいる理由はないな。

卓也と視線を合わせると、俺の思いを感じ取ったのか、軽く手を上げたので、俺も片手を少し上げて部室を後にした。

もうこれでこの部は大丈夫だ。

俺は風を感じながら颯爽と帰っ――

「あらー？　どこに行くのかしら廉君」

姫華先輩にガシッと肩を摑まれて前に進めない。

あれれー？　ここは流れ的に俺がかっこよく去る場面だと思うんですけど？

「いや、そのー」

「綾ちゃんと約束したんでしょ？　そ・れ・にー。私との約束も。隠し事してたんだから」

「それは日を改めてということで」

「ダメよー」

くっ！　ここは戦術的撤退《てったい》をしよう！

「あ、話が変わるけど、さっきのやりとりはドラマみたいだったわね」

突拍子《とっぴょうし》もなく先ほどのことを話し始めた。俺はただ「はい、そうですね」と答えるしか出来なかった。

「それでね、そんな場面をいくつか写真に収めたんだけど、見てもらえるかしら？」

そう言って俺に見せてきた写真は俺と水原先輩が手を繫いで部室の前にいる場面だった。

「こうして見ると、まるで〝カップル〟になりたての男女が、みんなに報告しに来たみたいよね」

「すみません男が言ったことは二度と取り消さないように努力するんでその写真は消してください」

こんなの綾先輩が見たら俺が想像できないようなことをされるに決まってる！

「あらあら、ただ綾ちゃんと一緒に『仲良いわよね』って言いながら見ようと思ってただけなんだけど、そんなに頼まれちゃったら仕方がないわね」

この人、絶対に結末分かった上での行動だよ。

「さ、生徒会室に行きましょうか」

「……はい」

俺は女王様の後ろをトボトボついていった。

これからは姫華先輩を騙す、あるいは怒らせるようなことはしないでおこう。

というわけで、現在生徒会室前にいます。

中では綾先輩らしき人物が、今か今かと俺の訪れを待っているようです。

外にいるのになぜ分かるかって？

まぁ、まずは耳を澄ませよう。

「あぁ、廉君がわざわざ私達に話したいことがあるなんて。もしかして……ついに⁉」

「綾ちゃーん、〝達〟がついてる時点でその可能性は皆無だって気づこーよー」

と、また何か勘違いしている綾先輩と疲れたような雫の声が聞こえるわけで。

「あの、やっぱり今日は。心の準備がまだ」

「もう、仕方ないわね。そんなに困った顔されちゃったら」

え、もしかして帰らせてくれるんですか⁉

「生徒会室に入りなさい。これは私の〝お願い〟よ」

ですよねー。この人はドSなんだから、むしろ困った顔を見せたら姫華先輩はさらに困らせてくるよね！

しかもお願いなのだから断れない。約束破ったら怖いもん！

「はい、分かりました」

肩を落として生徒会室の扉を開ける。

そこには案の定ウキウキの綾先輩と疲れ果てた雫に、ポテチをかじる小野寺先輩。

てか小野寺先輩いつもポテチかじってませんか？

「廉君！」

「はい、廉です」

「私の廉君！」

「違います」

「……私のれ──」

「否定したんですからもう一回トライしないでください！」

ダメだ、いつも以上に面倒くさいぞこの人。

「ほらほら綾ちゃん。廉君からお話があるから」

「そ、そうだな」

「ワクワクしてるとこ悪いですけど、告白とかプロポーズじゃないことを先に言っておきます」

「なん……だと」

そんな世界の終わりのような顔で膝から崩れ落ちられても俺には責任ないですから。

「ほら、私の言った通りでしょ」

「くっ！　少々残念だが」

さっきの反応をしておいて少々なの？

「廉君が私達に話したいことがあるのは確かだ」

立ち上がり、膝を叩く綾先輩。

そしてキリッとした目つきに変えて、威厳のある生徒会長モードへ。

「さて、廉君。話とはなんだ？」

「いや、その……」

横目で隣を見るとニッコリと笑っている姫華先輩。

分かってます。全部話しますよ。

俺はここ最近の出来事を生徒会のみんなに全てぶちまけた。

卓也の部活が、ある問題を抱えていたこと。それをなんとかしようとした結果、軽率な行動から脅されてしまったこと。そして、生徒会を辞めようとしていたことも。

綾先輩も小野寺先輩も雫も、静かに俺の話を聞いていた。

「……何か悩んでいると思っていたが、そんなことがあったとは」

「なんで相談してくれなかったの⁉」

「いや、まぁ、新参者の俺のせいで生徒会に迷惑をかけたくないと思っちゃって」

「廉、私達、生徒会の仲間」

そう言ってくれるとありがたいが、おそらく俺は、あの写真を見せたら軽蔑《けいべつ》の目を向けられると心のどこかで思っていたんだろう。

「で、今回の件どうする綾ちゃん？」

「もちろん、関与した三人にはしかるべき処置を取るつもりだ」

「あ、あの！　水原先輩だけは許してもらえませんか？」

俺の言うことに事情を知らない三人が首を傾げていると、姫華先輩からフォローが入る。

「水原さんは今回の件には確かに関わってはいるけど、脅しに加わってはいないみたいなの。

被害者の廉君もこう言ってることだし、今回は許してあげましょう」

「そうだな。廉君が言っているんだしな」

綾先輩は納得したように頷いている。

「ところで、証拠としてその写真を見せてもらいたいんですけど、話を聞く限りデータはその場で消したんですよね？」

はい、写真は姫華先輩がその他のデータもろとも全部消しちゃってます。

「それなら大丈夫よ。念のため私のスマホにメールで送っておいたから」

用意周到ですね。

ですがなぜ写真の有無を尋ねた雫を避けて、綾先輩に渡したのか理由を聞かせてください。

「これがその写真か……。確かにパッと見はそれっぽく見えるな」

……あれ？　それだけ？

「あの、それだけですか？」

想定外の反応で思わず聞いてしまった。

「この写真は悪意があって撮られたものだろ？　ならこの写真は私にとっては偽物《にせもの》だ。こんなもので君をどうこうするつもりはない」

綾先輩は写真から目を離さず淡々と言う。

確かにそうなんだが、てっきり「私も押し倒せ！　いや、むしろ押し倒す！」ぐらい言ってくるものだと思っていたのだが。

今は生徒会長モードだし、そこまで暴走はしないのか？

「ところで姫華。この押し倒されている女子生徒を合成でなんとか私に変えられないか？」

「一体その写真をどうするつもりですか？」

「いやな、既成事実《きせい》を作ろうと思って」

「偽物に偽装が加わったものを既成事実とは言いません！」

前言撤回。この人暴走してる。

「綾ちゃん、いい加減にしてほしいんだけど」

呆《あき》れた雫がスマホを受け取り確認すると、そのまま小野寺先輩に渡し、同様の手順で小野寺先輩は持ち主である姫華先輩に返す。

「とりあえず、今回の件は、報告。多分、停学か謹慎、どっちか」

「その水原先輩には軽い処分になるようにお姉ちゃんにも協力してもらうから安心して」

よかった。これで何もかも全て丸く収まる。

「よかったわね廉君。〝生徒会をほっぽり出して一緒に出かけた〟水原さんは軽い処分で済みそうよ」

「はい！　本当によか――え？」

ちょっと女王様？　今何か落としものしませんでしたか？　例えば爆弾とか。

というかなんで知ってるんですか？

「一緒に出かけただと？」

「それはいつの話で——いえ、廉は入ったばっかりですから、昨日のことですよね？」

綾先輩は表情が強張《こわば》ってるし、雫は眼鏡が異様に光って目が見えないし、姫華先輩は超笑顔だし、小野寺先輩はポテチかじってるしで、胃が痛いです。

「他の女とデートしたのか⁉」

「デートではないです。ただお出かけしただけで」

「それ、客観的に見て、デートにしか思えない」

「いや、これには深いわけがあってですね」

「あらあら、それは深い関係ってことかしら～」

「姫華先輩、お願いですから意図的に火にガソリンをぶちまけないでください」

もう収拾がつかない。

最後の希望は女神雫しかいない。

熱い視線を雫に送り続けていると、雫が動く。さすが女神様！

「綾ちゃん、落ち着いて」

「これが落ち着いていられるか！」

はぁ、と一息吐いてから雫はなぜかスマホを開いて何かメッセージを打ち始めた。

そして操作を終えたスマホをしまうと、同じタイミングで誰かの携帯が鳴る。

綾先輩が左ポケットからスマホを取り出して何かを確認すると、パァーと満開の花の如《ごと》く笑顔を咲かせた。

「それで今日は手を打って」

「あぁ！　もちろんだ！」

スキップして生徒会長の席に座るとスマホに夢中。

何をしたかは知らないが助かった。

「ありがとう雫。助かった」

「ううん、気にしないで。ただ、廉のメアドを教えただけだから」

「…………へ？」

突然俺のスマホが忙《せわ》しなくメールの着信を告げ始める。

恐る恐るメール受信画面を開くと、知らないメールアドレスから何件も届いている。

あそこでニマニマと高速でスマホをタッチしている綾先輩と無関係であろうか。いや、そんなはずない。

「ちょ、何してくれるの⁉　教えたらどうなるかぐらい――」

ちょっと雫さん。女の子がそんなヤクザ顔負けなメンチ切っちゃダメですよ。

「あの日私がどれだけ苦労したのか分かってる？　なのに廉は女の子とお出かけですか。でも私は見捨てず廉を助けるわ。だから、これぐらいの被害は気にしないわよね？」

「はいもちろんです！」

あまりの威圧感と恐怖で首を縦に振っちゃった。

「雫ちゃん。もうその辺にしてあげて。この後もまだやることはあるんだし」

「うん、早く、しよ」

「……そうですね。これ以上は時間の無駄ですね」

威圧的な雰囲気《オーラ》がふっと消える。

今日はもうこれ以上何か変なことが起きないことを祈ろう。

「綾ちゃん、もうその辺にして早く視察に行こうよ」

「ん？　ああ、そうだな」

ようやくスマホが鳴りやんだ。

一体どんだけメールしてきたのか。

「そうだ廉。この際だし小毬さんと姫華さん、それに綾ちゃんと連絡先交換しておきなさい。色々その方が楽だと思うから」

とのことで俺は雫以外ともその場で連絡先を交換した。

連絡先を打ってもらう際に綾先輩が間違って名前を「妻」にしていたので親切心で「綾先輩」に直しておいた。

ついでに「ご主人様」と打たれた名前の欄を「姫華先輩」へと変更。

俺の連絡先を打った後、綾先輩が速攻で「夫」に。姫華先輩が「可愛い後輩《オモチャ》」としたのを見逃さなかった。

その後は一昨日と同じで部活を視察してから解散。

長く感じた三日間はこうして幕を降ろした。


あの三日間のその後について話そう。

結果的に宮本先輩と諸星先輩は二週間の謹慎処分を受けた。

水原先輩は被害者である俺の発言と松本先生の助力もあり、松本先生の下で奉仕活動。つまり、生徒会の雑用などをしばらくの間することとなった。

でも実際はちょっとした頼みを聞いてもらうだけで、あまり働かせるつもりはない。

あ、そうそう。卓也から聞いた話では水原先輩は無事に部員としてアニメ研究会に参加しているらしい。

花田さんとは仲良くなり、お互いの漫画を交換するほどとか。

これが結末の全て。俺からしてみれば見事ハッピーエンドとなったわけだ。

そして皆さんにご報告があります。

まず俺の背後に注目してください。柱の陰に女子生徒がいますね？

最近その人に校内でつきまとわれてます。

「ねぇ、あの先輩こっそり覗いてるよ」

「本当だ。なんかカワイイ」

「なぁ、あの人ずっとこっち見てるんだけど」

「もしかしたら俺目当てとか！」

「バカ、俺に決まってるだろ！」

いやね、誰か分かってますよ。

確かにあの後じゃ会いづらいのは分かりますけど、いい加減にしてほしいので俺は今日の放課後、その人を屋上に呼び出しています。

そんでもって時間が進んで放課後。

ちゃんと生徒会の全員に少し遅れることをメールで伝え、現在屋上には俺とその女子生徒がいます。

「ど、どうしたの、急に呼び出して」

「『ど、どうしたの、急に呼び出して』じゃないですよ！　こそこそ陰から見てるの知ってるんですからね！　水原先輩！」

ウェーブがかかったクリーム色の髪をいじりながら髪と俺を交互に見ている水原先輩。

そう、あの後から学校内で俺を見つけるたびに水原先輩が後を追ってくるのだ。

「た、たまたまよ！」

「たまたまで男子便所の前で突っ立ってるんですかあなたは？　扉の窓からずっとシルエット見えてましたよ」

「トイレに行きたかったの！」

先輩は女の子ですよね⁉

どうやら意地でもたまたまにしたいらしい。

だったらそれでいいです。この会話を延々と続ける気は全然ないんで。

「分かりましたよ。先輩は男子トイレに用事があったんですね」

「そうよ！　……あっ」

自分が支離滅裂なことを言っていることにようやく気がついたようで、顔が真っ赤になっている。

「ち、違う！　あたしは女の子だから！」

「はいはい、分かってますよ」

逆にその身体つきと顔で女の子じゃないと信じろという方に無理がある。

「信じて！　ほら！」

よく分からないが両腕を摑まれ引っ張られる。

「胸とかスカートの中を好きにまさぐっていいから！　そうすれば分かってくれるよね⁉」

「水原先輩ストップ！　その確かめ方はダメです‼」

この人も綾先輩とは違うけど変な暴走するのかよ！

「廉君が体の隅々をまさぐってくれると聞いて！」

閉めたはずの扉がバンッと勢いよく開かれ、綾先輩が期待の眼差しで登場。

というかなぜここにいるんですかね。

「え？　……会長⁉」

突然の乱入者の登場で冷静さを取り戻した水原先輩が握っていた俺の腕を慌てて離す。

いや、本当に危なかった。あと数センチで平穏な生活とおさらばだった。

……誰か「今も平穏な生活じゃないだろ」と思ったでしょ。

その通りだよ！　ちくしょー！

「廉君！　さぁ！　遠慮せずまさぐりたまえ！」

「するわけないでしょ！」

「人前でするのはいささか恥ずかしいが、なんだか見せつけているようで、それはそれで」

「話を聞いてください！　お願いします！　あと変な嗜好《しこう》の扉を開けようとしないで、厳重に鍵でロックしてください！」

最初からアクセル全開の綾先輩。

一方、呆気にとられている水原先輩。

…………しまったあぁぁぁぁ!!　この人まだ綾先輩のこの姿知らなかったあぁぁぁぁぁ!!

「え、会長と守谷は、そういう関係なの？」

不安そうに尋ねられた俺は、まずどうすればいいんだ。

「もちろんだ」

「違います」

水原先輩に誤った認識を植えつけさせないようにしよう。

「え、結局どんな関係？」

「好きな食べ物から身長、体重まで知ってる仲だ」

「ただ一方的に個人情報を知られているだけです」

水原先輩はどんどん混乱して目をぐるぐる回している。

もう見られてしまったのだ。変にごまかして面倒事が増えるよりかは、事情を話す方が良いのかも。

俺は生徒会の役員になった経緯《いきさつ》など全てを話した。

「つまり、会長が守谷に執拗《しつよう》につきまとうから、生徒会に入ったってわけ？　確かに、生徒会役員なら会長とたびたび一緒にいてもおかしくないわね。納得した。守谷、あんたも苦労してるんだね」

あぁ、どうしよう。水原先輩が雫に続く常識人枠で涙が出そう。

「でもあたしに言ってもいいの？　もしかしたら言いふらすかもよ？」

「水原先輩がそんなことするような人じゃないって、俺信じてるんで」

「……そ、そうなんだ。へー」

平静を装おうとしていますが、ニマニマしてるのが丸分かりですよ。

信用されてることがそんなに嬉しいんですか？

「話は済んだな。なら続きを」

「話と一緒にさっきのくだりも俺の中では終わってるんで。というか、綾先輩はなんでこんな所に？」

「もちろん、廉君の後ろを尾《つ》けていたんだが？　水原が君の後ろをついていくのが気になってな」

「……ちなみにいつからです」

「今日君と登校してから授業中以外ずっと」

ちょっと待ってください。俺全然気がつかなかったんですけど。

「水原も気を付けろ。私が見てる限り、一歩間違えればストーカーだぞ」

「うっ……はい」

水原先輩、そんなに申し訳なさそうにしなくてもいいですよ。あなたの目の前にその一歩を間違えた人がいるんですから。

「話は変わるが、水原。役員ではなくとも君は私達としばらく一緒に行動することになったんだ。親睦《しんぼく》を深めるためにこれからは私のことを会長ではなく、綾と呼んでくれ」

「それは、別にいいけど。ならあたしも舞でいい」

少し気恥ずかしそうに顔をそらす水原先輩に綾先輩は微笑む。

「そうか。じゃあ早速生徒会室に行こうではないか。まず、顔合わせしないとな」

「え、ちょっと、そんなに引っ張られたら転んじゃう！」

綾先輩に腕を摑まれ、連れていかれる水原先輩。

本当に嵐のような人だ。

俺は溜息を吐いてから、二人の微笑ましい後ろ姿を追った。

小動物で、癒し系の書記さんには毒がある（吐血）

03

五月の半ば頃、朝のホームルームで松本《まつもと》先生からの伝達事項によって、当分の間俺の気分はただ下がりなことが確定された。

「今日から一週間、テスト準備期間だ。皆、赤点は絶対に取るなよ。取った場合は放課後に補習を受けてもらうことになるからな」

あーあー、聞きたくありませーん。

「いいか守谷《もりや》。絶対赤点は取るなよ」

いくら生徒会の面子《メンツ》的に悪い点は取れないとはいえ、名指しはやめましょうよ。

確かにたまに居眠り（主《おも》に数学）しちゃってますが、これでも試験に合格してこの学校に通ってるんですから。

そして今までの授業の内容と俺の今までの生活から考えてこれだけは確信して言えます。

赤点ギリギリでやべぇっす。誇張なしでやべぇっす。

だって最近の俺に起こった出来事を思い出してよ。

綾《あや》先輩のストーカー化だったり、卓也《たくや》のことだったりで忙しかったんだからしょうがないだろ。

周りとは比べて内容の濃い生活を送ってたんだ。

俺だってみんなと同じぐらいに何一つ変哲もなく、友達と遊んだり、バイトしたりしてればこんな心配しなくても済んでたと思ってた時期が今さっきまでありました。

「廉《れん》、大丈夫か？　オワターな顔してるぞ」

卓也は振り向いて心配してくれている。おそらくそのオワターは正しい意味の方なのだろう。

「変だな。まだテストやってないんだけど、俺の未来の姿が見える」

体が真っ白になって椅子に腰を掛ける俺の姿が。

「いざとなったら俺が教えてやるよ。授業のノートも全部取ってあるし、内容もそんなに難しいとも思ってないし」

俺の個人的な意見だと思うんだけど、オタクな人ってなんでかハイスペックだったりするよな。

俺もアニメとか見ているはずなんだが、まだ俺ではにわかということか。

「テストまで、家にいる時はずーっとアニメ見るか」

「冷静になれ廉！　その勉強は俺的には嬉しいけど、今やると確実にお前が破滅する！」

卓也に止められてようやく冷静になった。

現実逃避をしている暇《ひま》はない。今からでも勉強すれば何とかなるはずだ。それに授業の中にはテスト範囲が終われば自習になる科目もある。

「よし！　卓也。俺、頑張るよ！」

と言ったのが今朝のこと。

結果から言うと、やってしまった。

結局数学の時間は眠ってしまって、松本先生の垂直チョップが脳天直撃。

他の授業は頑張って起きていたが、有意義な時間となったかと聞かれれば首を縦《たて》には振りづらかったり。

全ての授業を終わって思い返してみると、決意と態度に差が出来ている。

肩を落として溜息を吐きながら俺は生徒会室に向かう。

一応生徒会もテスト前ということで活動を減らす、と朝早くに雫《しずく》からメールが来ていた。

しかし、それに気がついたのが今さっき。

原因は何十通にも及ぶ綾先輩からのメールだ。俺が起きたと同時にメールの猛着信。

最初は「おはよう」から始まり、「朝食は何を食べている？」や「今日のお弁当はサンドイッチだ」とか、ｅｔｃ．……

教えてから数日しか経《た》ってないが、すでに綾先輩からのメールが三桁《けた》に届いてる。

これは雫に相談だな。

「お疲れ様です」

扉を開けると、すでに他のメンバー（水原《みずはら》先輩を含め）は集まっていた。

「廉君か。お疲れ様」

綾先輩に続いて他の皆から挨拶《あいさつ》をしてもらい、庶務の席に座った。

「さて、テスト準備期間に入ったことはみんな知ってるな。それに伴い、生徒会の活動も減ることになる。今日も少しだけ作業をしてもらったら解散にしようと思ってる」

「学生なんだから勉学が疎《おろそ》かになったら元も子もないし」

雫の言葉が痛い。

「舞《まい》もわざわざ来てもらって申し訳ないがそういうことだ」

「別に気にしないで。どうせあたしもこの後は図書館で勉強するつもりだったし」

「え⁉　水原先輩勉強するんですか⁉」

「どういう意味かしら？」

つい口に出してしまった。

謝りますからニッコリ笑って俺の耳を引っ張っちゃだめ！

「あ、ズルい！　私も耳を――」

「あ・や・ちゃ・ん？」

自重しろと訴えてくる雫に口を噤《つぐ》む綾先輩。

れた。


「舞さん。そこまでにしてあげて」

姫華《ひめか》先輩が両手を合わせてお願いのポーズをすると、水原先輩はようやく俺の耳を放してくれた。

「ま、いいわ。あたしはもう行くから」

軽く手を振ってから生徒会室を去る水原先輩を見送り、俺は背もたれに身を預けた。

「廉君もそんなに作業はないから、帰っても大丈夫よ」

「授業でちょっと疲れたんで少しここで休憩します」

いつもよりかは集中していたためか、今日は気疲れがいつもよりひどい。

今からすぐに勉強したとしても効率は良くないだろうと、もっともらしい意見を出して勉強から逃げた。

……なんかすごく見られてる気がして落ち着かない。

どうせ綾先輩だろ。

綾先輩を盗み見るが、真剣な面持《おもも》ちで紙の上にペンを滑らせている。

姫華先輩が何か企《たくら》んでいるのか？

真横を見るが同様に姫華先輩も作業をしていて俺の視線にすら気がついていない。

じゃあ、俺の態度に呆《あき》れてる雫が見ているのか？

正面に目を向けるが、やっぱり作業に集中している。

もしかしてと思い、視線を左にずらしてみると、小野寺《おのでら》先輩がポテチをかじって俺をじーっと見ていた。

「あの、小野寺先輩。どうしましたか？」

「廉、いい加減、私も下の名前で呼んで」

え、それを今言うんですか？

いや、他の三人が下の名前で呼ばれていることに仲間外れにされていると感じ始めたのかもしれない。

「はぁ……それで小毬《こまり》先輩。じっと俺を見てどうかしましたか」

「うん、ちょっとお願い、いい？」

小毬先輩がお願い？

「別にいいですが」

俺の返答を確認すると、ポテチの袋を抱《かか》えて椅子から降り、俺のそばに寄ってきた。

少し小走りで走ってくる姿がハムスターのように可愛らしくて、思わず頬が緩《ゆる》む。

俺のすぐ横で止まるとジッと俺を見つめてくる。

「廉の膝《ひざ》の上に、座って、いい？」

はいそこ、急に立ち上がらない。作業を続けてください。

雫からの無言の威圧で静かに座る綾先輩。

小毬先輩の意図は分からない。断る理由もないし、かまわないのだけれど、一応聞いておこう。

「なんで急に？」

「たまに、綾、姫華、雫の膝の上に、座らせてもらってるの。その方が、落ち着くから」

「どうして俺なんです？」

「綾と姫華は、座ると、胸が当たって、邪魔。それに、虚《むな》しくなる。雫は座っても、まったく、気にならないけど、少し、肉付きが悪い」

雫さん、持ってた鉛筆が折れてますよ、真ん中から。

「それに、みんな、仕事してる。ちょうど試したかった、から、この機会に、廉に頼んでる」

「でも、俺でいいんですか？　俺男ですよ」

そう尋《たず》ねると小毬先輩は首を一度だけ縦に振る。

「まだ短いけど、廉も、生徒会の、メンバー。それに、綾と姫華が、気に入ってる子が、へんなことするとは、思ってない……座っちゃ、だめ？」

無意識なのか少し首を傾《かし》げて可愛らしく頼む小毬先輩。

こんな頼み方されて「嫌です」なんて口が裂けても言えない。

「いいですよ。俺の膝でよければ。ここではやりにくいですし、ソファに移動しましょう」

「ありがとう」

そう言って俺と小毬先輩は来客用のソファに移動する。そして、ちょこんと座る小毬先輩。

可愛いなー。実は前々から、一回だけでいいから膝に座ってほしいなとは思っていたんだよ。

実際にこうして膝に乗せると小動物を愛《め》でてるみたいで癒《いや》される。

これって、頭とか撫《な》でていいかな？　いいよね？

軽い気持ちで頭を撫でてみる。

少し短めに切り揃《そろ》えられた髪はサラサラで、触り心地が良い。癒される。いつまでも撫でていたいなー。

「勝手に頭撫でんな。無能庶務」

……………誰ですか。今小毬先輩で腹話術した人。怒らないから出てきなさい。

といっても、こんなことするのは姫華先輩しかいないのだろうけど。

「姫華先輩。変な腹話術するのやめてください」

「え？　私は何も言ってないけど？」

あなたじゃなかったら誰なんですか。

「調子に乗るなよ愚図《ぐず》」

視線を前に戻すと、振り返った小毬先輩の無表情の顔が。

「こ、小毬先輩？」

「まぁ、気持ちよかったから許すけど、次はないから」

何この小毬先輩。俺の知ってる小毬先輩は物静かで、小動物のような人だったはずなんだけど。

「手が止まってる。さっさと撫で続けて。廉の能力じゃそれぐらいしか出来ることないでしょ」

グフッ！　癒されていた心に槍《やり》的なものが刺さったんですけど。

「あ、そうそう。何かは分からないけど私のお尻に硬いものを感じたら……私はそれを叩き潰《つぶ》して、なんとなく廉のことを『変態ロリコン野郎』って呼んでやる」

小毬せんぱーい。なんでワントーン低い声を出したんですか？　いつもよりもスラスラと言葉が出てくるあたりが本気っぽく聞こえるんですけど、本気じゃないですよね？　そうですよね⁉

「小毬！　いい加減にしないか！」

我慢の限界といった綾先輩が立ち上がって、こちらにやってくる。

「叩き潰したら私との子供が出来なくなるだろ！」

「何を心配してるんですか⁉」

「ナニだが？」

俺の聞き方も悪かったですけど、無知な人が検索をしちゃうんでその返答はいけない。

「安心しろ廉君。私の時に硬いものを感じても優しく撫でてあげよう」

「そんな配慮はノーセンキューです」

「…………あ」

ちょっと待ってください小毬先輩。なんで拳《こぶし》を握って高々と上げてるんですか⁉　反応してないですから！　硬いのは俺のポケットに入ってるボールペンですから本当に！

「二人共。それ以上イジメたらかわいそうよ」

姫華先輩からの救いの手で事態は収拾したが、俺をイジメる第一人者のような人に助けられても素直に感謝しづらい。

「ほらほら小毬ちゃん。廉君からどいてあげないとだめでしょ？」

メッとお姉さんぽく叱《しか》ると、こくりと頷いてスッと立ち上がった。

「ごめん、廉。それと、ありがとう」

いつものおとなしくて口数の少ない小毬先輩に戻ってくれた。

「それにしても、あんな饒舌《おしゃべり》な小毬ちゃんは学校では久しぶりね」

「え、そうなんですか？」

「ええ、さっきみたいに少しキツイこと言っちゃうから普段は意識して口数少なくしてるのよ。でも、廉君にもその姿を見せたってことは少なからず心を許してるってことね」

「そうなんですか……」

心を許してくれているのは嬉しいです。お世辞抜きで。

でもそれが毒舌《どくぜつ》ってのはどうかと思うんですけど。

皆さん分からないと思いますが、さっきの言葉がまだ俺の心に残ってますからね。気を抜くと泣きますからね。

「あの……俺、帰りますね」

ここにいては精神がゴリゴリ削られそうだ。図書館に避難しよう。

行けば少しは勉強する気にもなれるはずだ。

逃げるように生徒会室を後にした俺は、図書館へ向かった。

多くの生徒が利用しているにもかかわらず、本をめくったりシャーペンを走らせる音ぐらいしか館内からは聞こえない。

インクと紙の匂《にお》いが心を落ち着かせてくれる。

嫌いじゃないな、この雰囲気。

入学してすぐに利用し始めたが、生徒会に入ってからは一度も来ていなかった。

こうして日を空けて来てみると、この静けさにありがたみを感じる。

騒々しい日常から解放されたみたいだ。

ここを受験する時も勉強は学校の図書室だったり、近くの図書館に入り浸《びた》ってたっけ。

だから余計に図書館にいると集中出来るのかもしれない。

と、こんな所で黄昏《たそが》れてる場合じゃないな。

俺のお気に入りの場所へ足を運ぶ。

そこは館内の最も奥で、本棚が壁のように設置されているが、窓があるため気分転換に外を眺めたり出来る。

奥すぎてあまり人が使わないことも知っているので、ここに来た時はいつも利用していた。

「ん？」

珍しく先客がいる。

このまま別の場所で勉強しても良いかと思っていたのだが、座っている人物が知っている顔では無意識に足を止めてしまう。

そこにいる女生徒は教科書を開いてノートに数式を書き込み、時折シャーペンを止めて空いた左手でウェーブのかかったクリーム色の髪をいじっている。

「……ん？　守谷じゃない」

そこにいたのは別れてから数十分しか経っていない水原先輩。

「もしかしなくても勉強？」

「まぁ、そうです。相席いいですか？」

「どうぞどうぞ」

向かいの席に腰をかけて、俺も数学の教科書を開く。

「あんたも数学なの？」

「今度の試験で一番ヤバいのが数学なんで」

中学の時はどちらかといえば得意な方だったのにな。高校の数学に対してはどうも理解が追いつかない。

そして問題がなかなか解けず眠気に負けて、松本先生に注意されてしまうわけで。

「あー、こんなのやったね……そうだ。よかったらあたしが教えてあげようか？」

「いいんですか？」

こちらとしてはその申し出は願ったり叶《かな》ったりだ。

「いいよ。どうせこの辺の式は二年になっても使うし、教えた方が頭に入りやすいって言うしさ」

「じゃあ、お言葉に甘えて。ここの問題なんですけど」

「ああ、ここね。あたしはパッと見で大体分かるけど、こういう時は……」

しばらく水原先輩の指導を受けた。

水原先輩の教え方はとても丁寧《ていねい》で、分からなかった所がちゃんと理解することが出来、自然と入ってくる。

解けなかった問題があっという間に解けてしまった。

「出来ました！」

感動で思わず声を出してしまい、慌《あわ》てて口を噤む。

「へー、理解は出来るみたいね。てっきり勉強出来ないのかと思ってた」

「いや、さっきまでは出来なかったんですけど」

「もしかしたら一人でやるよりも、誰かに教わりながらの方があんた出来るんじゃない？」

確かに。中学ではひたすら一人で勉強して、自分が理解出来るまでとことん本とにらめっこしてたな。下手《へた》したら一日使って。

今思えば受験に取り組む姿勢が早かったからこそ出来た力技なのかもしれない。

「そうですね。もしかしたらそうかもしれないです」

「なら、綾とかに頼んでみたら？」

綾先輩か。

変に暴走はすれど、成績優秀者であることは揺るぎない事実。

それに綾先輩だけじゃない。

姫華先輩も小毬先輩も雫も成績が良いと周りから言われている。

しかし、問題は性格。

さっきも言ったけど、綾先輩は暴走する危険性がある。

姫華先輩はドSだ。何を企んでいるか分からない。

小毬先輩は今日のことがなければ、悩まずに頼めるのだが。

残ってるのは雫しかいないが……

「……水原先輩じゃ、ダメですか？」

「え……あたし⁉」

そんなに驚かなくても。

実際教えるの上手でしたし。

「いや、その、あたしは無理かな……あ、別に守谷と勉強するのが嫌なわけじゃないからね？　どちらかというと……じゃなくて！　今回は同じような範囲だったから教えたけど、少しでも点伸ばしたいから自分の勉強したいと思ってるの。だから、守谷が嫌とかじゃないから」

そうだよな。水原先輩だって自分のことを最優先にしないといけないのだから。

水原先輩に教えてもらえないのは残念だ。とりあえずは雫に頼んでみるか。などと、少し俯《うつむ》きながらどうするか考え込む。

「守谷？」

でも雫に頼んで大丈夫だろうか？　雫も勉強するだろうし。聞いてみるだけでも。

「も、もりやぁ……」

なんだ？　水原先輩の様子がおかしい。

「お願い！　信じて！　嫌いじゃないから！」

えっ、急にどうしたんですか？　特に何も言ってないんだけど。しかもこの流れは前にも体験した覚えがあるな。

「そうだ！　嫌いじゃない証拠に抱きつけば——」

「ウェイトウェイトウェイト。プリーズビークワイエット」

こんな所での暴走は予想してなかった。おかげでたまたま通りかかった生徒達にガン見されてるんですけど。

やめて見ないで！　ちょっとそこの男子生徒、「リア充死ね！」って言わない！

「落ち着いてください水原先輩！　ほら、周り周り！」

他には聞こえないように小声で教えると、水原先輩は辺りを見回してボンッと顔を真っ赤にさせる。

「も、もうこんな時間なんだ」

自分の醜態《しゅうたい》をごまかしたいのか、備え付けの時計を大げさに確認する水原先輩。

時計の針は十八時少し前を指していた。

水原先輩は慌てて机の上を片付けて、鞄の中に勉強用具をしまう。

「あたしは帰るから。じゃあね！」

そう言って水原先輩は逃げるように帰っていった。いや、どちらかというと、帰るように逃げただなあれは。

俺もその後数問解いてから帰宅した。

帰ってからは水原先輩のアドバイスを参考に雫へメールを送ると、すぐに返事が。

返信メールには「いいよ。明日の帰りに図書館の前に集合ね」と書かれていた。

さすが女神雫。俺のピンチをいつも助けてくれるから大好き。

これで怖いものなしだと、俺は眠りにつく。

自分が怖いものに向かって歩いていることにも気づかずに。


メール通り、現在図書館の前で待機しています。

「ごめん、遅くなっちゃって」

「気にするな。こっちが誘ったんだからむしろ礼を言いたいぐらいだ。さ、行こうぜ」

昨日と同じ場所へ雫を案内する。

「へぇー、こんな所あったんだ」

「雫はあまり利用しないのか？」

「してるにはしてるんだけど、入ってすぐ近くの席で済ませちゃうからここまで奥にはあまり来ないの。でも、こんなに集中出来る場所ならもっと早く来たかったな」

こんな最奥《さいおう》に来る奴は少ないからな。

対面になるように俺と雫は席に座る。

そして今日も数学の勉強をすることに。雫の得意分野らしい。さすが会計。

きっと優しく分かりやすく教えてくれるはずだ。

「じゃあ、まずはこれを解いてね」

と言って出したのは何冊もの問題集。

「……あの、雫さん？　これは一体」

「え？　問題集だけど」

小首を傾げてるとこ悪いんですけど、そうじゃないんです。

「俺数学が少し苦手で」

「だからよ。数をこなせば身につくはずだから。安心して、ちゃんと公式通りやれば解ける問題だから」

数やればそうかもしれないけど、これどう見ても過剰《かじょう》ですよね。使用方法はあってるけど量は間違えてますよねこれ。

「さ、始めましょうか。大丈夫。この後予定はないからみっちり勉強しましょ」

「いや、その」

おそらく俺を思ってのことなんだろうけど、これはやり過ぎでは。

「まずはこの辺りの問題を十分以内に解いてね。途中式なかったら問答無用でバツにするから。全問正解するまで今日は帰さないからね」

あ、ちょっと最後の言葉にはドキッとした。もちろんマイナス的感情の方で。

「ちょっと用事を思い出したみたいだ。それじゃ」

「どこに行くのかしら廉？」

肩をガシッと摑まれて逃げられない。

「廉の成績についてはお姉ちゃんからお願いされてるの。私も生徒会のメンバーが赤点になるなんてことさせたくないからね」

どうやら俺は頼む相手を間違えたようだ。

「いい加減始めましょうか。ちゃんと反復学習で、脳に植え付けるように、今日中に公式を叩き込んで、ア・ゲ・ル」

「反復学習は間隔を空けてするものであって、短時間でやるものじゃないと思うんですが」

「反論は却下。もし逃げるようなことしたら、お姉ちゃんに報告するから」

つまりここを逃げ切れたら、松本先生からご褒美《ほうび》でアイアンクローをプレゼントされると。

ふむ……

「お願いします」

勉強の協力への感謝と先生への報告は勘弁してほしいの両方に対して、俺は机の上に両手をついて頭を下げる。

「よろしい。じゃあ、この問題から」

その後、俺は必死に数学問題を解いた。

「ここ間違ってる。やり直し」

雫の熱心《スパルタ》な授業は、

「同じ間違いしない。もう一回」

日が沈むまで続き、

「間違いは少なくなったけど、まだ遅い！」

やがて他の生徒達は帰り、

「これじゃ七割取れないわよ！」

目標がいつの間にか高く設定され、

「残念。五秒遅いからｏｎｅ ｍｏｒｅ ｔｉｍｅ《もう一度》」

閉館時間ギリギリまで残された。

そして現在は雫の採点待ち。

これ以上数式を書いたら腱鞘炎《けんしょうえん》を起こしそうだ。頼むから終わってくれ。

「うん、全問正解。お疲れ様」

終わったー。ようやく解放される。

動かし続けていた手にようやく休息が。

いや本当ね、辛《つら》かったのよ。帰ってから何もしたくないぐらいに。

「いつの間にかこんな時間になっちゃったね」

「原因は雫が手加減してくれなかったからなんだけど」

「お前らこんな所にいたのか」

棚の陰から松本先生が顔をニュッと出していた。

「あ、お姉ちゃん」

「もう遅い時間だ。仕事も終わったから車で送ってやるが」

「じゃあ家の前までお願い。廉はどうする？」

「俺はいいや。てか、松本先生と雫は一緒に住んでないのか？」

「私は大学の時に一人暮らししてたし、別に実家で暮らす必要はないからな。何より自由だ」

「だからって毎食カップ麺で済ませるのは良くないからね。廉もそう思うでしょ？」

すんません。俺もたまに頼ってるんで何も言えないんです。

「廉？」

まずい、これは俺にも飛び火が。

「雫、そんなにカップ麺を邪険にするな。守谷だって好きでそうしてるわけじゃないんだ。バイトで疲れてるのに、ご飯を作らないといけないと思うと絶望するんだ。しかも食べたら食器を洗わないといけない。その点カップ麺はお湯さえあれば簡単に出来るし、すぐ食べられる。さらに容器は捨てられるから後片付けも楽ちん。何より最近のカップ麺は美味《うま》いのなんの。守谷と私にとっては切っても切り離せないものなんだよ」

言ってることはただの面倒臭《くさ》がり屋の言い訳です。

ここまで力説するほど先生がだらしないなんて思いませんでした。雫を見習ってください。

俺は先生と固い握手を交わしながらそう思った。

「何握手してるのよ廉」

「いや、同志がいたもので」

正論だからって、実行するとは限らないよね！

だって疲れて帰ってきてからご飯作るの超面倒臭いんだもん。

「ちなみに守谷。今日は帰ったら飯はどうするんだ」

「とりあえずお湯を沸かしてですね」

「れーんー！」

もう右手を使いたくないんですよ。夕食は簡単に済ませて寝たいんですよ。

「まぁまぁ、そこまでにしておけ。これ以上は司書の方の迷惑になるから早く片付けろ」

とのことなので急いでノートをしまって、椅子を元の位置に戻す。

図書館を出てすぐに俺は二人と別れて真っ直ぐ自宅へ向かった。

空を見上げればすでに太陽の代わりに月が地上を照らし、星がキラキラ輝いている。

自宅に着いた俺は宣言通り湯を沸かして、夜はカップ麵で済ませて眠った。

次の日。

右手首に違和感があるのは昨日のせいだと断言出来る。

昨日は厳しくし過ぎたと雫から一応謝罪メールが届いたので、特に怒ってるとかはない。むしろ感謝してるんだ。

またあんなことしたくない恐怖心から脳が昨日の範囲をバッチリ記憶してるんだから。

あとは少し応用的な問題を解けばなんとかなりそうだ。

楽しいことよりも辛いことの方が覚えやすいって本当なんだな。

あとメールには今日、俺の勉強を見るのは別の人に頼んでいるとのこと。

俺につきっきりはさすがに厳しいんだろう。

と、いうわけで。俺は現在その雫が代わりに呼んだ助っ人と図書館にいるわけで。

「あらあら、そんなに引きつった顔しないで。そんな顔されたら私……いじめたくなっちゃう」

凄《すご》く、帰りたいです。

「姫華先輩。無理して俺に付き合わなくていいですから、自分の勉強をしてください。俺は大丈夫ですから本当」

「遠慮しなくてもいいわよ」

遠慮はしてないです。俺は姫華先輩と二人きりという状況が綾先輩と二人きりと同じくらい怖いんですから。

「それに、私は一通りテスト範囲の問題は解けるから心配しないで」

そうですよね！　先輩は頭良いですもんね！

「昨日は数学をしたって聞いてるわよ。だから今日は英語をしましょう。まずは廉君の実力が知りたいからこれを解いてね」

そう言われて問題が印刷された紙を渡されたので、俺は黙々と解き始めた。

解ける所は解いたが、イマイチ自信がない。

出来る限り解答欄を埋めて提出するが、採点してる姫華先輩の表情が少し強張《こわば》って見える。

「現在完了と過去完了がゴチャゴチャになっちゃう時があるみたいね。それに、習ったばかりの単語も少し危なっかしいみたい」

そう言われて返された紙は半分近くがバツをうたれ、スペルミスがチラホラとあった。

「赤点を取ることはないと思うけど、これだとちょっと凝《こ》った出題のされ方をしたら一気に点が落ちちゃうわ」

現段階で赤点ではなくても気のゆるみでズルズル落ちていくのは容易に予想出来る。

もう少しぐらいは頭に叩き込んでおきたいところ。

「うーん……………フフッ」

あ、今この人何か思いついたな。

おもむろに姫華先輩は鞄から出したスマホをいじりだす。一体何をするつもりだ。

「廉君廉君。私と遊びながら勉強しましょう」

「遊びながら？」

「うん。私とこれからゲームをするの」

ゲーム？　英単語を使って神経衰弱とかか？

「ルールは簡単よ。まず廉君には一時間程度教科書を使って勉強してもらいます。次に、私がいくつか問題を出題するからそれに答えてね」

それではただ単に俺が勉強するだけで、ゲーム要素はどこにもない気が――

「もし答えを間違えた場合、メールの本文に一文字ずつ打っていくから」

「メール？　一体誰に送るんですか？」

「綾ちゃん」

おっと、ゲームはゲームでも、これはデスゲームだな。

「ちなみになんですが、送る内容は？」

「『廉君が結婚したいだって』の十一文字」

「本当、冗談抜きでやめてください」

「結婚はゴールって聞いたことがあるわ。きっと幸せになれるわよ」

「へーそうなんですか。俺は、結婚は墓場って聞いたことがありますよ」

「あら、そうなの？」

ニコニコと笑っている姫華先輩が恐ろしい。

姫華先輩とこれ以上一緒にいられるか！　先に俺は帰らせてもらうぞ！

「あ、帰るそぶり見せたら問答無用で送信しちゃうからね？」

ノートと教科書を開いて……よし！　さ、心を入れ替えて勉強しちゃうぞ！

「素直な廉君も好きだけど、もうちょっと抵抗してもいいのよ？」

「いいですから早く勉強をしましょう」

それから俺は姫華先輩の指導のもと、勉学に励み、一時間みっちりと詰め込んだ。

これも俺の人生のため。

「一時間が経ったわ。問題を出すわね」

そう言って俺の教科書とノートを閉じる。

「じゃあ問題。『失敗する』の綴《つづ》りは？」

俺は素早く白紙の紙に「ｆｅｉｌ」と答えを書いて姫華先輩に見せる。

まるで聖母のような微笑みで姫華先輩はメールの本文に『廉』と打ち込む。

「ス・ペ・ル・ミ・ス」

「え……あっ！」

しまった。『ｅ』じゃなくて『ａ』だ。

「綾ちゃんのウェディングドレス姿が楽しみね」

「勝手に話を進めないでください」

「そうね。綾ちゃんは綺麗な黒髪だから和装の方が似合うかも」

「結婚する前提で話を進めないでほしいという意味です！」

絶対に、絶対に阻止してやる！

「じゃあ、次の問題。今から言う言葉を英単語一つで答えて」

「はい！」

「一問目は『お願いします』」

お願いしますは確か……

「プリーズ」

「正解」

これは楽勝。

「じゃあ、『結婚する』」

これも分かるぞ。よくCMや雑誌で見かけるからな。

「マリー」

「正解よ。凄いわ廉君！　やれば出来るじゃない！」

そんなに褒《ほ》められると少し照れちゃいますよ姫華先輩。

「最後『私に』」

「分からないんで不正解でいいです」

「しょうがないわね。ヒントは『ｍ』から始まって『ｅ』で終わる二文字の単語」

「じゃあ答えるんで、いつの間にか手に持ってるＩＣレコーダーを切ってください」

「あらやだ。私ったらなんでこんなもの持ってるのかしら」

電源を切って鞄の中にしまうのを確認。

なぜこの人が当然のようにそんなものを持っていたのか気にはなるが、怖いので聞くのはやめておこう。

まだ隠し持ってる可能性を考えて、なるべく小さな声で「ミー」と答える俺。

仕方ないといった様子の姫華先輩から丸をもらった。

それにしても『ｐｌｅａｓｅ　ｍａｒｒｙ　ｍｅ《結婚してください》』と言わせようとするなんて。

綾先輩の耳に届いたらと思うと背筋が凍りそうだ。

その後も数十問の問題をこなした。

結果は……

「……残念。あと一文字だったのに」

勝った……俺は勝ったんだ！

「でも、これで少しは覚えられたかしら？」

「死ぬ気で覚えましたからね」

答えを出すために、死に物狂いで頭の中の隅々まで探したんですから。

「そう。じゃあご褒美をあげないとね。優しく踏んであげ――あ、これは廉君のご褒美じゃないわね」

聞いてない聞いてない。俺は何も聞いてない。

サッカー部エースの真島《まじま》先輩の顔が浮かぶけど、何も関係ないんだ。

「うーん……あ、思いついた」

どうしよう。嫌な予感がする。

「姫華先輩。今すぐに考えついたことを俺に教えてください」

「フフッ、内緒よ。明日のお楽しみ」

やったー。明日のことを考えると（不安で）ドキドキして眠れないよー。

「あらあら。もうこんな時間」

時間は大分遅くなってしまった。昨日よりかは早いが外は薄暗い。

女性が外を歩くには少しばかり心もとない明るさだった。

「よかったら途中まで送りますが」

「あら、そうやって女の子を気遣《きづか》えるのは素敵よ。でも大丈夫。今日は迎えが来る予定だからもう少し学校で待つわ」

「そうですか。なら迎えが来るまで手持ち無沙汰でしょうから話し相手になりますよ」

「あらあら。優しいわね。さすが、私の自慢の可愛い後輩ね」

Ｓっ気《け》のない微笑みを浮かべられた俺は照れ臭くて姫華先輩から視線を外した。

迎えが来るまでの十分ほど、勉強とは関係のない、たわいもない話をした。

姫華先輩が無事に迎えの人と合流するのを見届けてから俺は家路《いえじ》につく。

さて、明日は一体何をされるのであろうか。そもそも明日、勉強を教えてくれるのは姫華先輩なのか？　それとも雫か？

どちらにしても、少しは手加減してほしいものだ。


そして次の日。

前回、前々回と同じ場所で、一人で勉強を進めていた。

今日は姫華先輩も雫も忙しいらしい。

それならばと、俺は割と得意科目の現文を勉強することに。

「ん？　なんか騒がしいな」

うるさいわけではないけど。しかし、日頃の館内と比べると、話し声が多い気がする。

喉《のど》も渇《かわ》いたことだ。飲み物を買いに行くついでに様子を見に行こう。

そんな軽い考えで席を離れたのが間違いだった。

「こ、これは一体」

机に座っている男子生徒達は鼻血を出して突っ伏し、女子生徒は本棚にもたれかかるように気絶している。

そして共通して、幸せそうな顔をしていた。

その光景はとても異様で、司書さん方がまだ動ける生徒に指示を出して、倒れている生徒を運び出している。

「そこの君！　君も手伝ってちょうだい！」

「は、はい！」

慌ててすぐ近くでうつ伏せに倒れている男子生徒を起き上がらせる。

だがこの生徒、どこかで見覚えが……

「お前、裕太《ゆうた》か！」

鼻血で顔面真っ赤に染まっているが、間違いなく俺のクラスメイトだった。

「れ、ん……」

「待ってろ！　すぐに保健室に連れていってやるからな！」

「俺は、今日……死んでも、後悔……はな、い」

「ゆーたー‼」

と、こんな茶番してる場合じゃない。

さっさと連れていかねば。

急いで裕太を背負って保健室に向かった。


「ふー、マジでびっくりした」

とりあえず裕太をベッドに寝かした。

それにしてもなんていい笑顔なんだ。一体あそこで何があったんだ。

予想もつかず、だんだんあそこに戻るのが怖くなっていく。

いっそのこと帰ってしまおうと思ったが、あることに気がついた。

「荷物置いたままだ」

戻りたくはないが、戻らねば勉強が出来ない。

しばらく悩んで、意を決して取りに行くことに。

そうだ。別に俺の身に何かが起きるとは限らないんだ。

と、無意識にフラグを立てて俺は図書館に戻った。

そんなわけで再び館内。

司書さん方が必死に清掃しているが、床やら机やらに（鼻）血の跡がベッタリと付着している光景は、殺人現場のよう。

余計に帰りたくなったが、ここまで来たんだから取りに行こう。

パッと行けば大丈夫だ。

「よし……」

奥へと向かうが、もう少しで到着というところで、俺の耳が荒い息遣いを拾う。

「な、なんだ？」

忍び歩きで近寄り、本棚の陰から俺が座っていた席を覗《のぞ》く。

そこには俺の鞄を抱えながらそれをハスハスする女性が。

「はふぅ……廉君の匂いがする。たまらん」

「何しとるんですかあなたは！」

一心不乱に鞄の匂いを嗅《か》いでいる綾先輩がそこにいた。

「あ、廉君！　やっと見つかった。姫華に頼まれて君の勉強を手伝いに来たんだ」

「姫華先輩が？」

スマホを取り出してみると、新着メールが一件届いている。

姫華先輩からで、「今日は綾ちゃんが指導してくれるよ。よかったわね」と書かれていた。

これがご褒美か。嬉しすぎて、（乾いた）笑みが溢《あふ》れそう。

「図書館にいるという情報しかなかったから探したよ」

「よく俺がここを使ってたって分かりましたね」

「簡単なことだ。君の匂いがしたからな！」

「そこは見覚えのある鞄があったからではないんですね」

まぁ、それはひとまず置いておこう。さっきから気になってることが一つあるんだ。

「なんで赤縁《あかぶち》の眼鏡をかけてタイトスカートのスーツを着ているんですか」

「女教師が廉君の好みだと姫華から聞いて、杏花《きょうか》姉さんから許可を貰って借りた」

本当にあの二人は何考えてるんだ⁉

そして、生徒達の不可解な集団被害はあなたのせいですね！

「どうだ？　似合ってるかな？」

少し照れながら聞かれるが、出来れば普通の服装で聞いてほしかった。

しかし、実のところ恐ろしいほど似合ってたりする。

元々プロポーションが良く、高校生と言われなければ気づかれないくらいに大人っぽい。

何より、綾先輩の雰囲気と服装がピッタリ。

「すごく似合ってますよ。でも、そういうことじゃないんです」

「もしかして、スーツよりも上は白いシャツの方がいいのか？　それとも眼鏡がダメか？　もう少し、胸元を開けた方が――」

「俺の嗜好《しこう》を探ろうとしない」

早く終わらせよう。でなければ、俺の精神がもたない。

「綾先輩、勉強始めませんか」

「そうだな。では」

俺が席に座るとなぜか綾先輩が隣に座る。

「……あの、なんでこっちに？」

「本が逆さになって読みづらいんだ。そこは了承してほしい」

それなら仕方がない。

「ちょっと近すぎませんか？」

「一緒の本を見るんだ。これも仕方がない」

なるほどなるほど。確かに仕方がない。

「じゃあ、何度も脚を組み替えてるのも、俺の太ももをさすってるのも何か理由が？」

「君を誘ってる」

「即刻やめてください」

綾先輩と合流した時点で大方予想はついていたが、まったく勉強が進む気がしない。

「綾先輩。今日は真剣に勉強がしたいんです」

俺が今出来る限り深刻な眼差《まなざ》しを向けると、ようやく綾先輩は分かってくれたらしく、声のトーンが下がった。

「すまない。君と勉強することに、つい浮かれてしまっていた」

そこまで落ち込まれると、ちょっと心が痛む。

「さぁ、勉強を始めようではないか！　まずは保健の実技から手取り足取り——」

「保健に実技はありませんし、テスト科目でもないです」

どうやらまだこの人は浮かれているようだ。

「現代文の勉強がしたいんで、現代文でお願いします」

「そうか。では、まずはこの本の、このページを読んでもらおうか」

そう言ってブックカバーを付けた持参した小説を開いて俺に渡す。

「えーと、『スーツの下からでもわかるほど豊満な胸とタイトスカートから伸びる艶《なまめ》かしい脚に太郎は昂《たかぶ》りを抑えきれず、教師である恵美子《えみこ》の肌へ押し付けるように熱くなった男性』——」

〝き〟を声に出して読む前にバタンと閉じた。

おかしい。俺は現代文の勉強しているはずなのに、保健の勉強をしているぞ。

「なんで官能小説を読ませるんですかあなたは⁉」

「なぜか杏花姉さんにスーツと一緒に渡されてな。ならば是非現代文の教材にと」

ここで主人公の心情は。と問題で聞かれても、ムラムラした以外の感情が読み取れないんですけど。

「お、やっぱりここにいたんだな」

聞き慣れた声の方に顔を向けると、卓也とその隣には少し前に見た覚えのある女子生徒がいた。

「卓也。それに、花田《はなだ》さん？」

「はい！　そういえば、ちゃんとした自己紹介してなかったね。花田薫《かおる》。私も一年生なの。よろしくね、守谷君」

ま、眩《まぶ》しい。

同じ眼鏡属性を持つ雫とは違い、清純という言葉が彼女のためにあるようだ。

彼女はまるで……そう、百合《ゆり》の花。

「やぁ、三島《みしま》君、花田さん」

「こんにちは会長さん」

「こ、こんにちは！　あの時は感想ありがとうございます！」

いつもの調子を変えずに挨拶《あいさつ》する卓也とは対照的に、緊張気味の花田さん。

こうして対応の違いを見るのはなかなか面白かったりする。

まぁ、普通なら卓也みたいなタイプが希少種なのだが。

「会長さんに勉強見てもらってるんだな」

「ま、まぁな」

現在、会長が来たから実質勉強時間が０なんだけどな。

「俺達も一緒にしてもいいか？」

「え、俺はいいけど」

チラリと横目で見ると、綾先輩は頷いている。

「ついでだ。一緒に見てあげよう」

「本当ですか⁉　ありがとうございます！」

「い、いいんですか⁉」

「構わない。そこに座りたまえ」

対面の席へと二人を促《うなが》し、座らせた。

「それにしても会長さん。その格好似合ってますね」

「そうだろ」

「はい！　会長さんは形から入るタイプなんですね」

さすが卓也。本来ツッコむところを褒めるとは、やりおる。

「廉は現代文か。確か、そこそこ出来るんじゃなかったっけ？」

「念のためにな。花田さんは得意科目ある？」

「私？」

頬に人差し指を添えながら考えるそぶりをする花田さん。似合ってるな。

「そうだなー。数学……」

ほうほう。眼鏡属性持ちは皆数学が得意な——

「というよりかは計算？　掛け算に興味があって」

おっと雲行きが怪《あや》しくなってきたぞ。

「むしろ、掛けても0にしかならない非生産的な掛け算にしか興味がなかったり」

それに腐敗臭《ふはいしゅう》もしてきたな。

「……話が変わるけど守谷君。今度暇だったら一緒に野球部の見学に行きませんか？」

「何を期待してるか知りたくないけど、遠慮しとく」

どうやらこの花は百合に擬態《ぎたい》したラフレシアだったらしい。

「残念。でも、この光景もなかなか……腐《ふ》へへ」

お願いだから俺と卓也を交互に見ないで！

と、頭の中で懇願《こんがん》していると、隣にいる綾先輩からメールが届く。

開くと「廉君×私なら1どころか10にも20にもなるぞ！」と書かれていたので、そっとスマホを閉じた。

するとすぐさま次のメールが届く。

なんとなく内容が分かる気がするが、念のために開くと「私×廉君のほうがよかったか？」と書かれている。

だからそうじゃないんです。

「すいません会長さん。ここ教えてもらってもいいですか？」

「あぁ、ここはだな──」

　本当に卓也はあまり動じないな。

　美男美女だからお似合いだし、このままくっついてくれないかな。

　そうすれば俺の苦労もなくなるし、高校生活を謳歌《おうか》出来るのに。

　などと願望しているとまたメールが。

　今度はなん──「廉君以外考えられないから」──……。

　画面から視線を綾先輩の横顔に向ける。

「ん？　どうした廉君」

「いえ、何も」

「あ、あの。私もいいですか？」

　今度は花田さんが質問し、それに答える綾先輩。

　綾先輩と花田さんは対角に座っているので、花田さんと話すたび、綾先輩が俺の方に身をずらしてくるわけで。

「近いです綾先輩」

「気にするな」

　気にします。と、強く言いたいところだが、二人がいる手前だ。あまり強くは言えないし、表面上は生徒会長モードの綾先輩だから、いつものようにツッコむことが出来ない。

何よりタチが悪いのは、飽くまで〝表面上〟は生徒会長モードなんだ。

つまり何が言いたいかというと……絶賛太ももを撫でられ中です。

無論、左手で防ごうとするが、今度は指を絡《から》ませようとしてくるので、貝のように力強く握って拒《こば》んだりと、机の下では攻防が繰り広げられている。

「綾先輩。席替わったほうが教えやすいですよ」

「いちいち誰かに教えるたびに席を替わっては君の勉強の邪魔になるだろ」

だったら今やっていることを即刻やめるべきですよね。

こんなやり取りを繰り返しながら現代文の勉強をした。

俺も綾先輩に疑問点を聞いたが、やはり学年一位というべきか。教え方は上手《うま》い。

ただ、セクハラ行為は一向にやめようとはしなかったけど。

「……もうこんな時間か」

一区切りつけた卓也が時計に目を向ける。

「綾先輩今日はありがとうございました」

「私もありがとうございました」

「気にするな。当然のことをしたまでだ」

もう卓也達は帰るらしい。ならば俺も便乗しよう。

「俺もこれで帰ります。今日はありがとうございました」

「廉君もか。ならば私も帰ろう」

　というわけで、全員で帰り支度を始める。

「結構暗いけど、花田さんは帰り大丈夫？」

「家近いし、大丈夫。ありがとう守谷君」

　支度を終えて、図書館を出る俺達。

「俺は念のために花田さん送ってくから」

「別にいいのに」

「それじゃあ廉、会長さん。さよなら」

「二人共気をつけて帰るように」

　校門を出てすぐに二人と別れることとなり、綾先輩と二人っきりの状態に。

「それじゃあ、綾先輩。家まで送ります」

　俺の申し出に首を傾げる綾先輩。

「別に送ってもらわなくてもいい。私は護身術を習っているからそこら辺のゴロツキなら簡単に倒せる」

　いや、確かに綾先輩なら倒せるとは思いますけど。

　俺は深くため息を吐く。

「綾先輩は女の子でしょうが。暗い道を女の子一人で歩かせるわけにはいきません」

俺の返答に少しばかり驚いた表情をするが、すぐに微笑み返す綾先輩。

「廉君のそういうところが大好きだ！」

「ちょ！　綾先輩⁉」

いくらほとんど人がいないとはいえ、学校のすぐ近くで抱きつかれるのは色々まずいわけで。

「離れてください！」

「いいではないか。私はか弱い女の子なんだ。抱き付いてるのは暗い道が怖いからだ」

「(他の生徒に夜道で刺されそうで) 俺も怖いんですよ！」

「なーにやってんだお前ら」

げっ、生徒じゃないだけマシだけど、教師陣に見られるのも――

「って、なんだ。松本先生か」

「なんだとは失礼だな。私じゃない方がよければ今すぐにでも他の先生をよ――」

「いやーよかった！　先生に会えて俺はなんて幸せなんだ！」

「そんなに喜ばれると困るなー」

自分が出来る限りの感激ぶりをアピールして、なんとか先生のご機嫌を取った。

「そうだ綾。今度そのスーツ返してくれよ。一応使ってるんだから」

「分かった」

そうだ。俺この人にクレームがあったんだ。

力ずくで綾先輩を引き剝《は》がして、松本先生に視線を向ける。

「なんで松本先生は綾先輩に服一式だけじゃなく、あんな小説まで貸したんですか」

不満げに睨むが、あっけらかんとしている松本先生。

「そんなの、綾のエロさに我慢できなくなったお前が襲ってくれればいいなと思ったからに決まってるだろ」

「最近よく思うんですが、あんたそれでも教師ですか⁉」

従姉《いとこ》の恋を応援するとはいえ、これは度が過ぎてるだろ。

「まぁ、さすがに少しやり過ぎた感があるから一週間は自重しようと思う」

「短っ！　って、それってただテストで忙しいだけじゃ」

「よく分かったな」

分かりたくもなかったですよ！

「本当に松本先生みたいな人がなんで教師になれたのか不思議です」

「確か教室にまだ残ってる生徒がいたっけな。すぐに帰らせないと」

「松本先生ほど立派な教師はいません！」

頑張って目をキラキラと光らせながら、心にもないことを言って再度ご機嫌取り。

一人でも生徒に知られたら高速伝達されるに決まってるからな。

「と、冗談はこれくらいにしておくか」

冗談にしては心臓に悪過ぎですよ。

「杏花姉さんは、このあと帰るのか？」

「そのつもりだけど」

「だったら家まで送ってほしい」

「いいが、なぜ急に？」

「何、可愛い後輩が私を一人で帰らせることに不安を覚えているようなのでな」

ああ、なるほど。と言いたげな顔で、ニヤニヤと笑っている松本先生。

途端に俺の顔が熱を帯びる。

「構わないぞ。守谷も乗ってくか？　ゆっくり話でも」

「いいです！　俺は歩いて帰りますから！」

一刻も早くこの場から離れたくて、俺は全速力で逃げ去った。

ああ、本当にずるいよな。なんで、俺が気恥ずかしくなるようなことを言った時に限って、いつものように「夫」とか使わずに「後輩」って言うかな。

そのせいで恥ずかしいのを誤魔化《ごまか》すことも出来なかった。

涼しく吹く風が顔を冷やそうとしてくれるが、一向に冷める気配のない熱に嫌気がさす。

「あーあ、あんなに慌てて帰らなくてもいいのにな」

「もう、廉君は可愛いな。さすが私の夫」

「そう言うお前も、顔を真っ赤にして可愛いな」

図星を指され、少しばかり動揺した綾は慌てて頬に手を添える。

廉に恋心を抱いた時と同じか、それ以上の鼓動の高鳴りに、また一層好きという感情が強くなった綾。

「は、早く帰ろう！　お父さんとお母さんが心配する」

「はいはい」

車を取りに行く杏花。

一人残った綾は涼しく吹く風で顔を冷やすが、一向に冷めない熱に喜びを感じながら鼻歌交じりに杏花を待つ。


今日は土曜日のため、学校は休み。

なので、俺は少し離れた図書館へ行くことに。

白蘭《びゃくらん》学園より遠く、着いてみればシャツにじんわりと汗が染みていた。

いっそのこと、自転車を買ってしまおうかと思っている。買い物の時もたくさんの荷物を運べるし、移動が楽だ。

と、一旦この話は置いておこう。

今は勉強のためにここに来たんだ。

今日は誰にも頼まずに一人で勉強しよう。

これ以上、心身共に苦痛を与えられるのは嫌なんで（さすがにこれ以上は頼り過ぎな気がして）。

……なんか建前と本音が逆になった気がしたが、まぁいいか。

自動ドアをくぐり、館内に入る。

今日は少し暑いからか、エアコンが効いてて涼しい。

入り口の近くでは人が入ってくる音で気が散りそうなので、なるべく奥に向かう。

長テーブルがいくつも並べられ、読書に没頭する人や参考書を広げて勉強をする人の姿がチラホラと窺《うかが》えた。

出来るだけ人から離れた長机の隅に陣取って、鞄の中の教科書や筆記用具を取り出す。

今回は世界史。ひたすら教科書を読んで、重要そうな単語を抜き出す作業に取り掛かる。

なんでわざわざ過去のことを勉強しなければならないのだろう。と言ってしまえば、間違いなく世界史の先生に怒られると思うが、俺が納得のいくような答えは返ってこないだろうな。

「えーと、確かこの辺りからだったよな」

ひたすら教科書の重要と思われる項目をノートに書き写していく。

必死に文字と睨めっこしている俺の隣に誰かが座る気配がした。

他に空席があるというのにわざわざ隣に人がいるような所に座るとは物好きがいたものだ。

気にせず、勉強を進めよう。

……なぜか勉強しづらい。まるで誰かに見られているような。

おもむろに隣の席に目をやる。

そこには薄ピンク色のスカートと、白い半袖《はんそで》シャツに青色の薄手の上着を着ている子供——じゃねぇ⁉

「小毬先輩⁉」

「廉、図書館では……静かに」

「あ、はい。そう、ですね」

なんで小毬先輩がここに。

「勉強？」

「は、はい。世界史をやってて。でも、なかなか上手く覚えられなくて。なんで昔のことを学ばないといけないんですかね」

と、思わずそんな質問をしてしまった。

なんでそんなことを小毬先輩に聞くんだ俺。

「……廉、過去は、大事。過去があるから、今があるの。また、過去の過《あやま》ちを、繰り返さないためにも、学ぶべき、と思う」

伏し目がちの小毬先輩の口から「過去の過ち」と発せられた瞬間、俺の心に重い枷《かせ》がはめられたように感じた。

同時に、普段無表情の小毬先輩の顔に影がさしたように見えた。

「と、ところで、先輩も勉強をしに？」

空気を変えようと当たり障《さわ》りのない問いを投げかけると、無言でコクリと頷く小毬先輩。

「さすがですね。綾先輩と姫華先輩、それに雫も。皆さん成績がいいなんて」

「……本当に、みんな、凄い。私なんて……」

「何言ってるんですか。小毬先輩は学年三位って聞いてますよ。十分凄いです。出来れば勉強教えてほしいぐらいです」

「……なら、勉強、教えてあげる」

「……えっ」

ここ最近の勉強会が頭の中を巡り、サーっと血の気《け》が引くのを感じる。

この後の展開も全て手に取るように分かるのが辛い。

「そ、そのー、ですね」

「いや？」

眉を八の字に垂らして不安そうに小首を傾げている小毬先輩。

そんな姿を見せられては断れるはずもなく。

「……お願いします」

俺の胃が持ちこたえてくれることを祈った。

「うん、任せて」

こうして俺は小毬先輩に勉強を教えてもらうことになった。

「ここが、重要だから、覚えて」

最初は丁寧《ていねい》にどこが重要かを分かりやすく教えてくれたが、

「本文じゃないけど、余白に書いてある、内容も重要。なんで線引いてないの？」

次第に毒が混じり始め、

「これを覚えられないなんて、バカじゃない？」

現在は小毬先輩の毒で死にそうです。

「もっと丁寧に字を書いて。覚える気あるの？」

「じ、自分のノートなんですから、字が汚くても」

「字の読みやすさじゃなくて、丁寧に書いてほしいの。その違いも分からない？　廉の頭に脳みそないの？」

すいません。脳みそあるのに分からなくてすいません。

俺はクズです。ゴミです。虫けらです。酸素吸って二酸化炭素吐くだけの役立たずです。

「……あ、ごめん。廉」

急に弱々しい口調になった小毬先輩。

経緯《いきさつ》はどうあれ、もう少しで心がポキッと折れそうだったから、やめてくれたのはありがたい。

「ちょっと休憩しましょう」

気がつけば、ここに来てから二時間ばかり経過していた。

心を癒すためにも休憩は必須《ひっす》。

「一度外に出ませんか？」

「うん」

荷物は……まぁ、貴重品だけでいいか。

誰も筆記用具なんか盗もうとは――

「小毬先輩」

「何？」

「綾先輩は今日ここにいませんよね？」

「いない、はず」

それならよかった。

少なくともこれらを盗む可能性がある人はいないな。

改めて小毬先輩と一緒に外に出て、近くの自動販売機で飲み物を買って一息つく。

両手で缶を傾ける小毬先輩の姿と昔の妹の姿が重なる。

そういえば、白蘭学園に入ってから連絡は数回したけど、家には帰ってないな。

まぁ、なかなか遠いし、バイトの都合があったりで帰る時間がなかったからな。

あと二カ月ぐらいで夏休みに入るから、帰省も視野に入れてみるか。

「廉……さっきは、ごめん」

小毬先輩に話しかけられ、そんなことを考えていた俺は缶を落としそうになるが、ギリギリでぶちまけるのを回避。

そのせいでわちゃわちゃしていて、何に対して謝っているのか分からなかったが、すぐに理解した。

さっきの口調のことだろう。

「別にいいですよ」

「でも、私、ひどいこと、言った」

確かに心の傷が増えたのは事実ですけど。

「でも、教え方は上手でしたし、小毬先輩には感謝してますよ」

「廉……そうやっていつも女子を落とそうとしてるの？　最低なナンパ野郎だね」

グフッ……そ、そんなつもりで言ったわけじゃないのに、また新しい傷が。

「あ、ごめん」

「い、いえ、本当に、大丈夫ですから」

また小毬先輩の表情が曇ってしまった。

耐えろ！　耐えるんだ俺！　膝《ひざ》から崩れ落ちるな！

何か話題を変えよう。

「そういえば、小毬先輩と綾先輩達は白蘭学園に入る前からの付き合いなんですよね。いつ頃知り合ったんですか？」

「小学三年生の時。お父さんの都合で、私が、引っ越して、きたの」

「じゃあ、その時同じクラスに」

首を横に振る小毬先輩。

「違うクラス、だった。私、クラスに馴染《なじ》めなくて。いつも、一人」

苦しそうに話す姿に、俺は質問したことを後悔する。

「私、元々あんな口調、だから、引っ越す前の学校でも、ひどいこと、言っちゃって。それで、仲間外れに、されてた。引っ越してからは、少しでも抑えようと、こんな風に、喋《しゃべ》ってる」

今の口調にそんな背景があるとは思わなかった。ただの口下手かと軽く考えていた。

「今は、慣れたけど……ついこの口調が、出ちゃった時が、あったの。そしたら、色々な子から、『ひどい』、『可哀想だよ』って、責められて、それで」

　単に孤立しただけのように話しているが、もしかしたらいじめにまで発展してしまったのではと、嫌でも想像がついてしまう。

「それからは、誰にも、関わらないように、いつも、教室から出てた。また、ひどいこと、言っちゃいそうだったから。でも……」

　小毬先輩の表情が自然と柔らかくなる。

「綾は、そんな私にも、話しかけてくれた。最初は、突き放そうとして、元の口調で話した。でも、綾は、それでも、私の友達になりたいって」

　俺は言葉を失った。

　小毬先輩がポロポロと涙を流していたから。

「嬉しかった。でも、私が、一緒にいて、いいのかな？　頑張って……がんばって……がんばって……綾と姫華、雫と釣り合うように、必死に……ヒクッ……べんぎょうじでるげど……本当は、私なんか」

　決壊したダムは水をせき止めることなど出来るはずもなく、小毬先輩の目から溢《あふ》れ出す。

　何度も何度も、手で拭《ぬぐ》っているけれど、ただ手が濡れていくだけ。

「あの――」

「ごめん、廉。私、帰るね」

「小毬先輩⁉」

足早に館内に戻る小毬先輩。小毬先輩の手から離れた空き缶が寂《さび》しげな音を立てながら地面を転がり、俺の足先を小突く。

小毬先輩の缶を拾い上げ、俺のと一緒にゴミ箱に捨ててから後を追う。

席に戻ったが、そこには小毬先輩はおろか、荷物もない。

念のため図書館を隅々まで探したけど、小毬先輩はどこにもいなかった。

俺に見つからないように帰ったらしい。すぐに小毬先輩を探すことをやめて、席に戻る。

だけど、席に着いた瞬間に「さぁ、頑張って勉強するぞ！」と気分を変えられるほど器用なはずもないし、非情にもなれない。なりたくもない。

小毬先輩の表情と言葉が脳内でフラッシュバックする。

モヤモヤは膨《ふく》らんでいき、勉強は手につかず、五分もしないうちに立ち上がった。

あー、もうダメだ！　あんなの放っておけるわけがない！

そう思った俺は勉強道具を片付け、急いで図書館を出る。

もちろん、小毬先輩を探すためだ。

だが、小毬先輩の行き先など分かるはずもなく、電話をかけても出てくれない。

当然、メールを送っても返ってくるわけもない。

ひたすら周辺を走って探す。

いない……いない……どこだ……どこにいるんだ。

人にも聞いてみたが、誰も知らないと答えるばかり。

次の場所へ。と、角を曲がる。

と、同時に誰かとぶつかって、押し倒す形で転んでしまった。

しかもまずいことに女性らしい。色々と柔らかいので。

「す、すいません！　すぐにどきますから！」

退《ど》こうとしたが、足が絡まって動け――違う！　絡まってるんじゃなくて、絡められてる⁉

「ふふっ、まさかこんな所で押し倒されるとは夢にも思わなかったよ」

おぉ、運命の神様。今はシリアスな場面だと分かっての、綾先輩との遭遇ですか。

「でもさすがにここでは……」

「頬を赤らめてそう言うなら、今すぐに脚の力を抜いてください」

「……分かった。力を抜くから、優しく、してくれ」

「誤解しか生まない言葉は控えてください」

もうそろそろ、綾先輩と書いて、綾先輩《シリアスブレイカー》と読んでもいいのではないだろうか。

「冗談だ。ところで廉君。なぜ肩で息をするほど、走っていたんだ？」

「真面目《まじめ》に話すなら早く脚を解いてください！」

「はぁー……仕方ないな、廉君は」

なぜか渋々とだったが、綾先輩は解放してくれる。

でも、俺が駄々をこねた感じにされたのには納得がいかない。

まぁ、一旦俺の気持ちは置いておこう。

まずは周りの確認。人は……いない。殺気は……感じないな。運が良かった。

立ち上がる綾先輩を改めて見るが、服装は長袖のシャツにジーパンというラフな格好をしている。

「人に見られてないか心配しているようだが、安心してくれ。ちゃんと人目のない所を選んでぶつかったから」

それは安心しました。ですが、その言い方からすると、いつから綾先輩は俺をストーキングしてたんでしょうかねー。

「君が図書館を出てすぐだ」

「当然の如《ごと》く心の中を読まないでください」

「いやいや、廉君は結構顔に出ているぞ」

あれ、そうなの？　それは失礼しました。

「話を戻そう。なぜそんなに慌てているんだ？」

「その、小毬先輩と話がしたくて」

「小毬に？　そんなの、スマホで連絡を取ればいいではないか」

「いや、それが、まったく繋《つな》がらなくて」

「急ぎでなければ、学校で話せばいいのでは？」

そうだけど……あんな状態の小毬先輩を放ってはおけない。

「訳ありのようだな」

「……綾先輩。小毬先輩と初めて会った時のこと、覚えてますか？」

「当たり前だ。私の数少ない親友だぞ」

綾先輩の瞳は真っ直ぐに俺の目を捉《とら》え、その言葉に嘘も誇張もないことがひしひしと伝わってくる。

「詳しく聞いてもいいですか」

「いいだろう。ここではなんだ。近くの喫茶店でお茶でも飲もう」

綾先輩は俺に背中を向けてツカツカと歩く。

俺はその後ろを追った。

周りは住宅が多いが、その中で開いている、こぢんまりとした喫茶店の前で綾先輩は足を止める。

横文字を呪文のように並べるようなオシャレな喫茶店ではなく、アンティークな喫茶店というのが俺の第一印象だった。

「さ、入ろうか」

扉を開けると、カランカランとベルが鳴る。

黒いエプロンを着けた白髪混じりのダンディな男性が一言「いらっしゃいませ」とお辞儀をして言うと、バイトらしき人物に目で指示を送っている。

「こちらの席にどうぞ」

俺達は隅のテーブル席に案内された。

「注文がお決まりでしたら、伺《うかが》いますが」

「私はブラック。廉君は」

「俺はカフェオレで」

「かしこまりました」

注文票に書き込んで、一旦退《さ》がった店員。

数分してから注文通りの品をテーブルに置いて「ごゆっくり」と一言添えてからその場を離れた。

綾先輩はカップを慣れた手つきで持つと、香りを楽しんでから、口をつけた。

俺もカフェオレを口に含む。

「……おいしい」

「それはよかった」

今度はカップを置いて、俺を見つめる綾先輩。

俺もつられてカップを置く。

「で、小毬のことだったな」

俺は大きくはっきりと首を縦に振る。

「小毬と会ったのは小学三年の時だ。親の都合で引っ越してきた小毬が隣のクラスに来たということで、興味半分で見に行った」

コーヒーに再び口を付ける綾先輩。

カップを揺らして水面の様子を眺めながら話を続ける。

「最初はとてもおとなしそうな女の子だと思った。ただそれだけ」

「え、それだけですか？」

てっきり綾先輩と小毬先輩は、出会った時から仲良しだと思っていた。

「でも、今仲良くなっているってことは、何かしら距離が縮まるようなことがあったと思うんですけど」

「そうだな……廉君はどこまで話を聞いてるんだ」

「……小毬先輩があの口調が出てしまったところまで」

「そうか。なら話が早い。私はその時小毬を気に入ったんだ」

……え、あの口調を聞いて気に入ったってことは、綾先輩ってそういう趣味が。

「おっと、何か勘違いしてそうだな。どうせ小毬は詳細に話してないから、仕方ないと思うが」

「それはどういう意味ですか？」

カフェオレを飲みながら俺は綾先輩の回答を待った。

少し時間を置いてから綾先輩が口を開く。

「掃除の時間の時だ。私は教室前の廊下担当だった。だから隣のクラスの様子がはっきりと見えていたんだ。しかし、隣のクラスの担当の子達は掃除に非協力的だった。みんなお喋りに夢中。先生が来れば、ちゃんとやっているような風を装っていた。でも、一人だけ違った」

それが誰だか容易に想像出来た。

小毬先輩だ。

「それから私はどうもその子のことが気になってな。掃除の合間に何度も様子を見に行ったものだ。そしてある日、隣の教室から女の子の怒鳴る声がした。覗いてみるといつも喋っている子達にきつく言う小毬がいたんだ。確かに言い方は悪かったと思うが、小毬は真剣に取り組んでいたからこそ、あんなに怒ることが出来たんだと私は思っている。しかし、その現場を見ていなかった教師は小毬を叱《しか》り、その他の子は何も言わなかった。見当違いも甚《はなは》だしい」

先ほどまで懐《なつ》かしむよう微笑んでいた綾先輩だったが、今は静かに怒りを見せている。

「私はそれが許せなくて、その教師に全てを話した。しかし、教師は真剣には聞いてくれなかった。『終わったことだ。蒸し返してはクラスが揉《も》めてしまう』と言われてな」

本当にそれでも教師なのか？　松本先生は俺を変にいじったり、乱暴だったりするが、それでも俺のことを気にしてくれている。いや、俺だけじゃない。おそらく生徒全員だろう。

なのに、その教師は小毬先輩を切り捨てるようなことをした。

その教師に憤《いきどお》りを感じ、自然と腕に力が入る。

「優しいな廉君は。小毬のために怒ってくれるんだな」

「……その後、綾先輩は」

「小毬に会いに行ったさ。色々と言われたけど、私は小毬を気に入ってしまったからな。自分が嫌われることなど分かりきっているのに、それでもクラスメイトに怒ることの出来る者など、そうそういないからな」

微笑みながら、コーヒーを啜《すす》る綾先輩。

小毬先輩は引け目を感じているようだが、俺には十分釣り合いが取れていると思った。

そもそも、友達ってそういうのじゃないと思う。

だったら、小毬先輩にかけるべき言葉は……

「私が話せるのはここまでだ。今日のところは諦《あきら》めて、月曜日に改めて小毬と話をするんだな」

「……綾先輩」

「なんだ？」

いつの間にか飲み干したカップを置く綾先輩の目をじっと見つめる。

「あのですね――」


日曜を飛ばして月曜日。

昨日はおとなしく自宅で勉強をし、皆から教えてもらったことを基本に取り組んだ。

そして、いよいよ明日からテスト。つまり今日が最後の追い込みでもある。

全ての授業がテスト範囲を終わらせ、自習の時間となった。その時間も有効活用して、苦手な部分を集中して復習。

昼休みの時間もなるべく教科書に目を通して過ごした。

さて、この後は図書館で勉強。しかも今回はテストのためではなく、それ以上に重要なことだ。

ちょうど鞄を持って向かおうかというところでメールが届く。

送り主は綾先輩から。「予定通りにことは進んでいるぞ」とのこと。

よかったと、胸を撫で下ろして、急いで図書館に向かう。

図書館の前にはやけに人だかりが出来ているが、まぁ原因は分かっている。なにしろ、俺がその原因を作ってしまったんだし。

俺は待ってくれている美少女五人組のもとへ。

その美少女達というのが、生徒会メンバーなんだけどね。

なぜ、みんながここに集まっているのか。それは土曜日、綾先輩に勉強会の呼びかけを頼んでおいたからだ。

綾先輩からの誘いならきっと小毬先輩は参加すると思ったから。

しかし、こうして改めて見ると、本当に俺がこの人達と繋がりがあるのか自分でも不思議なぐらいだ。

「あ、廉君」

一早く俺の存在に気がつくとは、さすが綾先輩……とは言いたくはないなー。だって、アレ《ストーカー》だし。

「お待たせしました。わざわざ集まってもらってすいません」

「気にしなくてもいいわよ。楽しそうだし」

「私も楽しみだわ。ね、舞さんもそう思うでしょ」

「え、その、ま、まぁ、いいんじゃない」

少なくとも迷惑そうにしていなくて一安心。だが問題は小毬先輩だ。みんなの後ろに隠れて、前に出てきてくれない。

「それじゃあ、早速図書館に入りましょうか」

率先して図書館に入ろうとする。

一刻も早くここから離れたい。生徒の嫉妬《しっと》の目で胃に穴が空きそうだ。

それに舌打ちのコーラスも聞こえる。

「そうね……きゃっ！」

俺の後を追おうとした姫華先輩はつまずいて、こちらに倒れてくる。

咄嗟《とっさ》に身を挺《てい》してなんとか受け止めた。

「大丈夫ですか」

「ええ、ありがとう」

あぁ、よかった。

よかったけど、姫華先輩が浮かべている笑顔から悪戯心が伝わってくるのはなんでですかねー。

「でも、抱き止めてくれるなんて大胆ね」

あー、なんでわざわざそれを言っちゃうんですかあなたは。

ほらー、綾先輩がこっちをめっちゃガン見してる。

他の生徒に至っては嫉妬が殺意に変わってるよ。

俺を困らせてどうしたいんですか。

そうでした。姫華先輩は俺を困らせること自体が目的でしたね。

「あらあら、少し足をくじいちゃったみたい。康君、肩を貸してもらってもいいかしら」

ヘルプ！　常識人二人組！

水原先輩と雫を見るが、

「水原先輩、肌綺麗ですね」

「そ、そう？　ありがとう」

面倒事になると確信しているらしく、女子トークを繰り広げていた。

必死に救いを求める眼差しを送ると、大きくため息を吐いた雫が姫華先輩に申し出る。

「姫華先輩、私が肩をお貸ししますよ」

「ありがとう雫ちゃん」

姫華先輩を連れて、図書館へ先に入館していく雫。

「あー、私も足をくじ――」

「さ、邪魔になりますから中に入りましょうか」

綾先輩が言い終わる前に中へ。

あんな大勢の生徒の注目の中、平然としていられるほど、俺は勇者ではない。

入ってすぐに席を探すと、雫が本棚の陰から顔を出して手招きしている。

俺達は静かに雫のいる所まで歩くと、そこには大きなテーブルがあり、この人数でも十分に勉強が出来るほどの面積を持っていた。

「じゃあそっちの席は姫華、雫、舞、小毬。向かい側に私と廉君で異論はないな」

「綾先輩知ってますか。６÷２の答えは３なんですよ」

「じ、じゃあ……あたしが移れば、バランス的に問題ないよね」

と申し出る水原先輩。しかし、すでに俺の中では席割りは決まっているので却下《きやっか》しなければいけない。

「すいません水原先輩。先輩はそっちに座ってください」

「え……」

なんでそんな絶望した表情をしてるんですか。

「隣に座らせたくないほど、あたしのこと嫌いなんだ。そうだよね。ひどいことしたんだし、本当は守谷は仕方なく話してくれてただけで、あたしの勘違い――」

「違いますよ。元々席をどうするかは決めていたんですよ」

「……本当？」

「ここで嘘言ってどうするんですか。それに水原先輩のことは好きな方ですよ」

「そっか……」

ようやく治まった。なんであんな不安そうになったんだ。

「廉君廉君。ちなみには私のことは？　嫌いか？　それとも愛してるか？」

「なんで〝好き〟という選択肢が超進化してるんですか」

ちゃっちゃと席割りを発表しよう。

「じゃあ、俺と雫がこっち。残りの人はそっちの席に座ってください」

「廉、6÷2の答え知ってるよね?」

雫さん。そんなに睨まないでくださいな。

「まぁ待て。これには理由があってだな。とりあえずみんな座ってください」

そう言うと、皆が俺の指示に従って席に座る。

「それで、どんな理由かしら」

「それは——お、ちょうど来たか」

俺はキョロキョロしている二人組の男女に手を振ると、俺に気づいた男子が手を振り返して女子を引き連れてきた。

「やっと来たか卓也」

「ちょっと花田さんのクラスのホームルームが長引いちゃってな」

「遅れてごめんなさい」

一礼して謝罪をする花田さん。

顔を上げると、生徒会メンバー全員がいることに気がついて、表情が硬くなった。

「おぉ、生徒会勢揃いか。あ、水原先輩もいるんだ」

「なんで花田さんと卓也君が」

「俺が呼んだんですよ。二人共、こっちに座ってくれ」

雫の右隣に俺、卓也、花田さんの順に詰めて座る。

ようやく全員揃った。

「それで廉君。私は君に頼まれた通りメールを送ったが、どんな意図で集められたのかな」

綾先輩からの質問に俺は素直にこう答える。

「一人で寂しく勉強するよりかは、みんなで協力して勉強した方がはかどるかと思って」

「それって結局のところ自分のためよね。この中でおそらく廉が一番成績悪いだろうし」

雫の容赦《ようしゃ》ない一言が俺を貫《つらぬ》き、ガクリと肩を落とす。

「まぁまぁ。私はその方が楽しくていいと思うわよ。ね、小毬ちゃん」

「う……うん」

姫華先輩に問われた小毬先輩は気まずそうにそう答えて、俺をチラチラと盗み見ている。

一昨日のことを気にしてるのだろう。

「それでは早速だが始めるとしよう。なに、分からないところがあれば遠慮なく聞いてくれ。力を貸そう」

「私も微力ながらお手伝いするわ」

自信満々の綾先輩と姫華先輩は頼りになる。

もちろん、この人だって。

「小毬先輩も頼りにしてますよ」

真正面で俯いている小毬先輩に声をかけると、顔を上げてコクリと頷いてくれる。

それを確認してから俺は机の上に勉強用具を置く。皆も各々《おのおの》好きな科目の教科書とノートを開き、勉強会が始まった。

「綾。この問題ってどうやるの？」

「あぁ、それはだな」

「副会長さん。ちょっとこの問題の解き方を教えてほしいんですけど」

「私と三島君で一緒に考えてたんですけど、どうしても分からなくて」

「いいわよ」

最初は自分達で解いていたが、しばらくしてから皆が協力して出来ない問題を潰していく。

俺も分からないところは聞かなければ。

「小毬先輩。ここで重要なところってどこですか」

「ここと、ここ。見落としやすいけど、ここも、全体的に見れば、分岐点のような出来事。だから大事」

「そうなんですか」

「あ、世界史やってるのか」

質問を終えた卓也が割って入ってくる。「俺もちょっと世界史は厳しいんです。書記さん。俺にも教えてください」

「わ、私も」

卓也の陰で小さく手を上げている花田さん。

困惑《こんわく》気味の小毬先輩は俺を横目で見る。

「俺はもう十分ですから、卓也達をお願いします」

「う、うん」

卓也達に付く小毬先輩。

俺はゆっくりと立ち上がる。

「どうしたの廉」

「ちょっと喉渇いたから飲み物買ってくる」

なるべく邪魔にならないように席を外し、少し歩いてから後ろを振り向く。

いつもと変わらないように見えるが、心なしか表情の柔らかい小毬先輩。

そんな表情になってくれただけで、この勉強会を開いた甲斐《かい》があった。

顔を元に戻し、再び歩いて図書館を出る。

一番近くの自動販売機に行き、缶ジュースを買う。

学園の図書館は飲食禁止なのでここで飲み干さなければいけない。

飲みきるのに少し時間がかかりそうだ。

蓋《ふた》を開け、缶を傾ける。

甘さが身に染《し》み入り、糖分を欲《ほっ》していた脳が歓喜の声を上げているようだ。

「廉」

余韻に浸っていると、声をかけられたのでそちらに体を向ける。

そこには小毬先輩が立っていた。

「どうしたんですか？　小毬先輩も喉渇いたんですか？」

「ううん。廉と、少し話を、したかったの」

「そうですか」

近くの柱にもたれた小毬先輩は独り言のように、しかし俺に聞こえるように呟く。

「今日は、誘ってくれて、ありがとう。この前は、ゴメン。勝手に、帰っちゃって。帰ってから、きっと廉も、あの子達みたいに、私から離れると、思った」

「そんなことあるわけないですよ」

「でも、私、きついこと、言っちゃった」

泣きそうな顔で俯く小毬先輩。

一度大きくため息を吐いてから目線を小毬先輩に合わせるために屈《かが》んだ。

「小毬先輩。俺小毬先輩に言われた通りに勉強しました。小毬先輩の言った『丁寧に書いて』っていうのは、字を綺麗に書けってことじゃなくて、気持ちを込めて書けってことだったんですよね。そのおかげで結構覚えることが出来ましたよ」

小毬先輩は俺の言葉で顔を上げた。

「確かにきついことを言われたかもしれません。ですけど、小毬先輩は何も間違ったことは言っていません。その時だって、小毬先輩はみんなのために言ったと思いますから。綾先輩達だって、小毬先輩のそういうところを好きになったと思いますよ」

「でも、私は、綾達に釣り合わない」

自信が持てず、卑屈な小毬先輩。

今こそ言うんだ。あの時言うべきだった言葉を。

「友達に釣り合うも釣り合わないもないですよ。問題はその人のいい部分も悪い部分もひっくるめて、好きかどうかです」

そう言いながら、俺はそっと小毬先輩の頭の上に手を乗せる。

小毬先輩はまた俯くが、今度は少し頬を赤らめていた。

「バカ……アホ……ロリコン」

なんとなく小毬先輩の毒舌を吐くタイミングが分かった。

一つは誰かを思って行動する時。

もう一つは、照れ臭くて誤魔化している時。

そう考えると、今の小毬先輩はどうしようもなく可愛いわけで、今ならどんな毒でも耐えられる自信がある。

「低身長、若干短足、貧弱、ナンパ野郎、愚図、ｅｔｃ．…」

調子乗ってごめんなさい無理でした。

膝からくずれ落ち、地面に両手を付けていると、小毬先輩は続けて言葉を発した。

「だけど……私の……大好きな、仲間」

「……今、なんて」

顔を上げるが、すでにそこには誰もいない。

もう戻ってしまったのか。

いつの間にか落としてしまっていた缶は、中身がこぼれてしまい、土の色を濃くする。

勿体《もったい》ないことをしてしまったが、小毬先輩からあんな言葉を聞けたのだから、よしとしよう。

缶を捨ててから俺はみんなのいる図書館へと戻った。


数日後、全てのテストを終えた。

テストの最中は手を止めることなく答案用紙を九割近く埋めていたので、赤点を取ることはないだろう。

これもみんなのおかげだ。近いうちに何かしらお礼をするべきだろう。

テスト期間中は生徒会室に行っていないので、およそ二週間ぶりにこの庶務の席に座っている。

いつも通りの学校生活に戻った……のだが、一つだけ変わったことが。

「小毬先輩、なんで俺の膝の上に乗ってるんですか」

「落ち着く、から」

小毬先輩が俺の膝の上によく乗ってくるようになったことだ。

「あのー、俺にも仕事が――」

「そんな仕事なんてないくせに一丁前に仕事人アピールすんなパシリ」

泣いてもいいかな？

今ここで男が号泣するけどいいかな？

「小毬ばっかりずるいぞ！　私も廉君の腰の上に乗りたい！」

「よーく見てください綾先輩。小毬先輩が乗っているのは膝です」

「……あ」

「小毬先輩、なんで拳を振り上げてるんですか⁉　硬いのはポケットに入ったスマホですから！」

「守谷って、もしかして……」

「何で不安そうにしてるのか知りませんけど、違いますからね！」

「あらあら、楽しそうね」

「全然楽しくありません！」

「あー、頭痛い」

なんだかより一層俺が望む『平穏』から加速して遠ざかってる気がする。

いや、気がするんじゃなくて、実際に遠ざかってるなこれ。

「騒がしいぞお前ら」

松本先生の登場で、ようやくこの場も治ま――

「もう少し静かにしろ。それさえ守ってくれれば何も言わん」

「止めてくださいよ！」

「私は放任主義なもんでな」

体裁《ていさい》を取り繕《つくろ》いながら丸投げ出来る便利な言葉を使われて納得出来るわけないでしょうが。

「前に自重するって言ってたじゃないですか。なら、助けてくれても」

「何言ってる。もうテストは終わっただろ」

そうだった。自重してたのはただ単にこの人が忙しかったからだ。

「それより、今日は生徒会に頼みたいことがあるんだ。図書館に新しい本や机が届くらしいんだが、人手不足で今日中に終わるか怪しいらしい。だから運ぶのを手伝ってほしいとのことだ。

なんでも、前に図書館を利用していた生徒達が一斉に鼻血を出して、そのせいで色々ダメになったらしい」

あぁ、あの集団流血事件のツケが今になって回ってきたのか。

「そういえば、そんなことがあったな。何かのウィルスとかが原因だったのか？」

あなたが原因ですよ。

「というわけでお前ら、さっさと図書館に行った行った」

と、松本先生に急《せ》かされて、綾先輩達が次々と廊下に出ていく。

「あの、小毬先輩。立ち上がりたいんで退《ど》いてもらえますか」

「うん」

今度はすんなりと聞き入れてくれ、俺の膝から飛び降りる。

そして俺も立ち上がり、伸びをした。

「……廉」

「はい、なんでしょう？」

「廉のおかげで、自分に、自信が、持てた。だから……ありがとう」

初めて見る小毬先輩の満面の笑み。

それは子供のように純粋なものだった。

容姿端麗、文武両道な生徒会長は俺のストーカーではない（裏話）

04

『東雲綾《しののめあや》さん。君は本校生徒の鑑《かがみ》だ。期待しているよ』『会長がいれば良い学校生活が送れそうです！』『生徒会長はかっこよくて素敵です』

暗い闇の中で何度も何度も私に対する期待の声が反響する。

そうだ。私はみんなに期待されているんだ。それを裏切らないようにカッコよくて完璧になんでもこなさないと……

『俺からしたら生徒会長はただの女の子です！』

その言葉が反響していた言葉を掻き消し、私を現実の世界に引き戻した。

気がつけば私はベッドに寝かされ、部屋には消毒液の匂《にお》いがほのかに香っていた。

「気がついた？」

清水《しみず》先生が安堵《あんど》した表情で覗《のぞ》いていた。窓の外に目をやるとすでに真っ暗だった。

「すみません遅くまで」

「いいのよ別に。今日何があったか覚えてる？」

「今日ですか？　たしか……」

断片的な記憶を寄せ集め、全てを思い出した瞬間、顔が一瞬にして熱くなる。

熱があったが、それとは別の熱さと動悸《どうき》。

「大丈夫？」

「だ、大丈夫です！　私帰りますね！」

自分の状態がよく分からず逃げるように保健室を飛び出した。

昇降口に着いた私は靴を履《は》き替えて帰ろうとしたが、あの子のことが頭をよぎった。

足は自然と倉庫の方に向く。もう帰っているはずだと思っているのに思考と行動が合わない。

ガシャンと何かが落ちる音がする。まさかと思い慌《あわ》てて倉庫へと走った。

「イテテ……無理して持ちすぎた」

そこにはいないと思っていた彼の姿が。

帰ってしまったと思っていた。でも彼は仕事を続けてくれていた。謝りたい、お礼が言いたい。なのに彼の顔を見ると経験したことのない激しい動悸に襲われ声がかけられない。

「誰かいるのか？」

杏花《きょうか》姉さんの声がして思わずそこから走り去った。

勢いそのままに自宅に戻った私をお母さんは心配してきたが、体調が悪いと言ってすぐ部屋に入り、着替えてベッドに身を預ける。

未《いま》だに彼のことが気になり、杏花姉さんに彼の名前をメールで尋《たず》ねた。

杏花姉さんの返信が来ると私はすぐにそれを開く。

守谷《もりや》、廉《れん》君……か。

名前を知っただけで笑みがこぼれる。もっと彼のことが知りたくて杏花姉さんが知っていること全てを聞き出した。

ようやくメールを終えたところでお母さんがお粥《かゆ》と薬を持ってきてくれたので、食事を済ました後に薬を呑んで今日は寝ることにした。

薬の副作用なのか瞼《まぶた》が重くなり静かに眠りに落ちる。


いつもよりも早く起きてしまった私。昨日の気怠《けだる》さは嘘のようになくなっていた。

「綾。今日は早いのね」

お母さんは朝食とお弁当を作っている最中。ふと彼にお礼が出来ていないことを思い出した。

ちょうどいいから彼のためにお弁当を作ってあげよう。

「お母さんちょっと場所使うね」

「お弁当ならお母さんが作るわよ？」

「いや私が作る！」

自分でも不思議なくらい必死になって断ってしまった。

「そう、わかった」

嫌な顔一つせずお母さんは私にスペースを空けてくれる。

すぐに調理に取りかかったが、彼のことが自然と頭に浮かぶ。

何が好きで何が嫌いなのか。どんな味付けが好みなのかを終始気にしながらお弁当を作った。


昼休みになり、すぐに生徒会室へ。杏花姉さんに頼んでもらった廉君を待つためだ。

待っていると生徒会室の扉が三度ノックされたので返事をする。

「守谷廉です」

名前を聞いた瞬間、反射的に扉を開けるとそこには少し驚いた様子の廉君が。

廉君を中へ招いてメンバーに紹介し、その後にお弁当を渡す計画だが妙に緊張する。

意を決して廉君にお弁当を渡すと彼は笑顔でそれを受け取ってくれた。

その笑顔で私の心が幸福感でいっぱいになると同時に彼のことをどうしようもなく好きになってしまったことを実感する。

そうかこれが恋というものなのか。どうしようもなく廉君が愛《いと》おしい。

彼には是非生徒会に入ってもらいたい。だから放課後、再び彼を呼んだ。

だがどうやら杏花姉さんが先に勧誘していたようだ。

きっと廉君は承諾《しょうだく》したはず。

なんたってみんな率先してやりたがるのだから、きっと彼だって同じはずだ。

「すいません。断らせていただきました」

私は頭の中が真っ白になった。

なぜと尋ねると、彼の返答は興味がないとのことだった。

謝罪し踵《きびす》を返す彼の後ろ姿に不安を覚える。

嫌だ……彼との接点が消えるなんて嫌だ！

私は彼の袖《そで》を掴む。ささやかなつながりを作るために。

「……ぁや、だ」

彼は状況が分かっていないらしく、私は改めてこう言う。

「生徒会長は役職だ。私の名前は東雲綾だ。だから綾と呼べ」

彼は私の我儘《わがまま》を聞き入れて、下の名前で呼んでくれた。

耳の中で廉君の声がこだまし、体中に電流が走るような幸福感に包み込まれる。


自宅に帰ってからおもむろに今日のことを思い返すと頰が緩《ゆる》む。

彼は興味ないと言っていたが諦《あきら》めることなんて出来ない。

彼が欲しい。生徒会の役員になってくれなくてもいい。一緒にいたい。

どうすればいいんだろうか？

そうだ！　またお弁当を作ってあげよう！　私の思いを全て込めたものを。

それで一緒に登校すれば自然と仲良くなれるはずだ！

そうと決まれば早く寝て朝からお弁当を作ろう！

「綾。ご飯よー」

お母さんに呼ばれてリビングへ。

「どうしたの綾？　嬉しそうね」

家族全員で一緒に食事をとる中、私の様子の変化にいち早く気づいたお母さんが尋ねてきた。

「お母さん。好きな人が出来た」

私が正直に答えると、水を飲んでいたお父さんが突然むせだした。

「綾。それは一体どういう――」

「御馳走《ごちそう》さまでした！」

お父さんは何か言いたそうだったが、すぐに食事を済ませ、私は自分の部屋に駆け込む。

そして課題を済ませ、お風呂に入ってから就寝した。

自然と目が覚めた私はスマホで時間を確認する。

午前四時……少し眠り過ぎてしまったな。

起きてすぐさま台所に立ち、廉君のための愛情弁当を作り始める。

昨日以上に手間暇《てまひま》かけて彼に喜んでもらおう。それでその後は……

『綾先輩。とてもおいしかったです。一生食べたいくらいです』

『そ、そんな。褒《ほ》めても何も出ないぞ！』

『慌てる綾先輩も可愛いですね。それじゃあデザートをいただきましょうか』

『デザート？　すまない廉君。デザートはないんだ』

『じゃあしょうがないですね。綾先輩をいただきますか』

『れ、廉君……』

『好きだよ……綾……』

なんて！　なんて‼　もう廉君は欲張りさんだな！　そんなに急《せ》かさなくても逃げる気なんてサラサラ――あっ。

包丁がすっぽ抜け、床に突き刺さってしまった。私としたことが少し取り乱してしまった。

さすがに妄想《もうそう》が過ぎるな。廉君もこんなこと言わないだろうし。

……念のため、デザートはなしでいいだろう。

さて後は盛り付けだけなのだが……このままのせても思いが伝わらない。

そうだ！　全てハートの形にすれば私の思いに気づいてくれるはずだ！　急いで全部ハートにしなければ。

ウィンナーを斜めに切ってハートになるようにのせ、輪切りにしたキュウリはちゃんと一枚一枚ハート型になるように切り抜いた。

時間はかかったが私の愛情たっぷりのお弁当が完成した。これを見た廉君はきっと……

『突然こんな所に呼び出して何の用だ？』

『綾先輩。あんなお弁当渡されたら俺……俺！』

『待つんだ廉君！　おちつ——きゃっ！』

『我慢出来ません！　綾先輩はもう俺のものです！』

『だめだ廉君。そ、そんなところに手を入れては』

『綾先輩！』

なんてなんてなんてなあぁぁぁぁんて!!　そんなことになったら結婚するしか——あっ。

使ったボウルが手に当たってしまい、真っ逆さまに床に落ちる。

床にぶつかると同時にけたたましい金属音が鳴り響いた。

「騒がしいわよ。何してるの」

いつの間にか朝食を作る時間になっていたようで、お母さんが台所にやってきた。

「ちょっと手が滑って」

「気を付けなさいよ。あら？　またお弁当。もしかして昨日言ってた好きな子に？」

「そう。あ、もう終わったから台所使っていいよ」

片づけを済ませてから自分の部屋に戻り、制服に着替える。

洗面台で歯を磨いてからリビングに戻ると、目玉焼きとベーコン、それにトーストがのった皿がテーブルに置いてあった。

お父さんもすでに起きていて、新聞を読みながら朝食に手を付けていた。

私も椅子に座り、朝食をとりながら近くの置時計を盗み見る。

時刻は六時十分。もうそろそろ家を出なければならず、急いで朝食を済ませる。

「……綾」

「何お父さん」

「学校は……楽しいか？」

新聞を折り畳み急に学校生活について聞いてくるお父さん。

「うん。楽しいよ」

最後のトーストの欠片《かけら》を口に入れ、牛乳で流し込む。

「そうか……それで、昨日言っていた好きな人について教えて――」

「ごちそうさまでした。学校行ってくる」

お父さんが何か言ってた気がするが、時間がないので鞄を持って家を飛び出す。

杏花姉さんからは住所までは聞き出せなかったが、どの方角から登校してくるかまではなんとか教えてもらった。そこから推測し、廉君が通りそうな道に待機する。

時間を確認すると七時前。私は廉君がお弁当を見てから結婚するまでの流れを数十パターン思い浮かべながら彼が来るのを待った。


無事に廉君にお弁当を渡したその日の放課後。なんとなく気になった私はこっそりと廉君のクラスに向かうと、廊下の曲がり角で廉君にばったり遭遇した。

まさかの廉君からのお誘い⁉　これは期待していいんだな！　となれば生徒指導室に行くべきだな！　あそこなら邪魔されない。

廉君を連れて生徒指導室へ。念のため鍵をしっかりと閉めた。

廉君はというと恥ずかしそうに視線をそらせている。

きっとそういう経験がないのだろう。私も経験がないが、ここは年上の私が彼をリードするべきだ。

おもむろにブレザーを脱ぎ、ボタンに手をかけた。

「申し訳ないので、もう作らなくても——って何しとるんですか⁉」

急に彼に止められてしまった。どうやら彼は着たままの方が好みなようだ。
妻として夫の趣味嗜好《しこう》を今後さらに理解していこうとこの時思ったのだった。

あとがき

まず始めに、この本を手に取っていただいた方。あるいはお買い上げいただいた方。誠にありがとうございます。作者の恵です。

『恵』という字を見ておそらく『けい』『めぐみ』『めぐ』のいずれかで読んだと思いますが、一応読み方は『めぐ』です。

読み方を間違えて少し申し訳ないと思ったり、読み間違えて恥ずかしいと思う方もいるかもしれません。

ですが、安心してください。このペンネーム、本人でも読み間違えることがあります。

そもそもこのペンネームは元々読み方を指定せず使っていました。なのである意味『けい』『めぐみ』でも正解です。

ただ、それでは色々と不都合がありそうなので、『めぐ』で統一しようと思います。

とりあえずこの作品を書いた経緯《けいい》ですが、私が小説を書き始めたのが大学一年の時です。サークルの仲間に誘われ『小説家になろう』で投稿を開始しました。

元々は流行《はや》りの異世界ものを書いていましたが、感想も評価も殆《ほとん》どありませんでした。

他にも書きましたが、どれもピンと来ない作品ばかり。

文章力がないのが原因か。そもそも物語が面白くないのか。しばらく小説を書くのが辛《つら》くなっていました。


それからしばらく月日が経《た》ったある日、自分が書いた異世界ものを改めて読み返しました。

まず思ったことは『面白くない。自分の趣味に合わない』でした。

そもそもスタンスが間違っていることに気がつきました。

自分が読みたい小説を書かなくて、どうして面白いものが書けると思ったのか。

その日から自分の趣味全開の物語を考えました。

ラブコメが読みたい。特にギャグが強めで、主人公が振り回されるタイプの。ヒロインはしっかりとした先輩だけど主人公にデレデレ。

自分の『好き』を全て詰め込んで出来た物語。それがこの作品です。

投稿を始めて数日はやはり読者は少なかったですが、自分の好きな小説を書けたので満足していました。

しかし、日が経つにつれて作品を読んでくれる方が多くなっていき、想像をはるかに超えるほど読者が増えました。

『もしかして、書籍化するかも！』と、宝くじを買ったような感覚で思っていたら、まさかの書籍化。

スタンスを変えた一作目で書籍化するとは思ってもいませんでした。

自分のような書き手に書籍化のチャンスを与えてくださったダッシュエックス文庫様には大変感謝しています。

書籍化までの全ての作業がとても楽しく、充実していました。

ぎうにう先生。自分の頭の中にいるキャラクターをそのまま引っ張り出してきたようなキャラデザ、本当にありがとうございます。

小野寺小毬《おのでらこまり》のキャラデザをいくつか用意していただいた時は『自分の作品にここまでしてくれるんですか⁉』と思い、とても嬉しかったです。

書籍化を目指して今まさに小説を書いている皆さん。流行りのジャンルを書くのはもちろん間違っていません。むしろ書ける人を尊敬します。

ですが、たまには自分の『好き』を詰め込んだ作品を書いてもいいのではと思います。もしかしたらそれが書籍化するかもしれません。

最後に読者の皆さん。この作品を手に取っていただいていることに再度感謝します。

またいつか自分の作品が書籍化。あるいはこの作品の続編が出ることになり、こうしてまた出会えるような機会があることを切に願っています。

この作品の感想をお寄せください。

あて先　〒101-8050　東京都千代田区一ツ橋2-5-10
集英社　ダッシュエックス文庫編集部　気付
恵先生　ぎうにう先生

ダッシュエックス文庫

容姿端麗、文武両道な生徒会長は俺のストーカーではない（願望）

恵

2018年7月30日　第1刷発行

★定価はカバーに表示してあります

発行者　鈴木晴彦
発行所　株式会社　集英社
〒101−8050　東京都千代田区一ツ橋2−5−10
03（3230）6229（編集）
03（3230）6393（販売／書店専用）03（3230）6080（読者係）
印刷所　株式会社美松堂／中央精版印刷株式会社

ISBN978-4-08-631257-8 C0193

ダッシュエックス文庫

努力しすぎた世界最強の武闘家は、魔法世界を余裕で生き抜く。
わんこそば
イラスト／ニノモトニノ

努力しすぎた世界最強の武闘家は、魔法世界を余裕で生き抜く。2
わんこそば
イラスト／ニノモトニノ

努力しすぎた世界最強の武闘家は、魔法世界を余裕で生き抜く。3
わんこそば
イラスト／ニノモトニノ

努力しすぎた世界最強の武闘家は、魔法世界を余裕で生き抜く。4
わんこそば
イラスト／ニノモトニノ

武闘家がある日突然、魔法の世界に転生した。魔法使いを目指し過酷な修行を乗り越えて得た力は、敵を一撃で倒すほどの身体能力で!?

魔力を手に入れるために飲んだ薬の副作用で、アッシュは肉体も精神も3歳に!? 一方、魔法騎士団の前には《土の帝王》が出現し……。

魔力獲得のための手がかりとなる石碑を探しに遺跡へと旅に出たアッシュ。行く先には魔王が…!? 信じる者が最も強くなる第3弾!

念願の夢が叶い、魔力を獲得したアッシュ。大魔法使いになるための武者修行を開始するため、ノワールと共に師匠探しの旅に出る!